Complot à Rome

W0375180

Titre original :

GUÀRDATE DE LOS IDUS

À Pilar Martín, Conchi Vázquez
et Manoli Pena.

© Lola González, Ediciones SM,
1995, Madrid, Espagne.
© 1998, Castor Poche Flammarion
pour la traduction française et l'illustration.

LOLA GONZÁLEZ

COMPLOT À ROME

Traduit de l'espagnol par
SMAHANN BEN NOUNA

Castor Poche Flammarion

Lola González

L'auteur est née à Celanova dans la province d'Orense et vit à Vigo. Professeur de littérature dans un institut dont elle est aussi la directrice, elle a remporté un prix en 1993 pour un de ses ouvrages destinés à la jeunesse.

Smahann Ben Nouna

La traductrice vit à Paris. Elle parle aussi bien arabe que français, et prend plaisir à traduire de l'anglais et de l'espagnol.

Passionnée et curieuse de tout, elle est diplômée de l'École des hautes études en sciences sociales. Outre la traduction, elle accompagne, au sein d'une association, des jeunes que la vie n'a pas toujours choyés.

Judex

L'illustrateur de la couverture, quand il ne dessine pas, aime chercher (et trouver) de vieux livres dont les images le font rêver. Souvent elles lui donnent envie d'en dessiner d'autres…

À propos du temps

Héritée des Étrusques, la division du temps des Romains est liée à la religion et est restée compliquée malgré plusieurs réformes. Ignorant nos actuelles semaines, les Romains ont divisé le mois en trois parties inégales : les *nones*, les *ides* et les *calendes*.

Les *nones* : du 2 au 7 inclus pour les mois de mars, mai, juillet et octobre ; du 2 au 5 inclus pour les 8 autres mois.

Les *ides* : du 8 au 15 inclus pour les mois de mars, mai, juillet, octobre ; du 6 au 13 inclus pour les 8 autres mois.

Les *calendes* : du 16 ou du 14 à la fin du mois.

Note de la traductrice

I. *IDIBUS MARTIS* (Ides de mars) 15 mars

En cette funeste journée de mars, le soleil se coucha à son heure habituelle. Assis sur la vieille chaise de cuir, je tâchais de comprendre ce qui était arrivé, sans avoir encore conscience que le sang versé le matin même au sénat allait tous nous éclabousser.

— Ils ont assassiné César. Jules César est mort ! cria Membo en se précipitant dans la pièce, tel un cheval emballé.

Il était près de onze heures du matin. Porcia et moi lisions Hésiode quand Membo fit irruption.

— Vingt-trois. Vingt-trois coups de poignard ! continua l'affranchi.

— Membo est devenu fou, souffla Porcia.

Plusieurs esclaves entrèrent après lui, ainsi qu'Épidure, notre précepteur grec.

— Ils lui ont ôté la vie..., confirma ce dernier.

— C'est impossible !

— À la tierce*, ce matin, au sénat.

Porcia, très pâle, me regarda, tel un oiseau effrayé. On eût dit que les Furies** s'étaient abattues sur Rome en ce quinzième jour du troisième mois d'hiver – les ides de mars. Une demi-heure plus tard, alors qu'aucun de nous n'avait encore réagi, un messager déboula en trombe.

— C'est votre oncle Marius qui m'envoie.

— Oui, et alors ?

— Ton oncle t'ordonne, jeune Drusus, ainsi qu'à ta sœur Porcia de ne pas quitter la maison.

— Pourquoi ?

— Rome est bouleversée. La révolte gronde de

* La journée se divise en douze heures de jour et douze heures de nuit. Les premières sont comptées du lever au coucher du soleil, la durée des heures varie donc selon les saisons de l'année. Il en est de même pour les heures nocturnes divisées en quatre veilles d'une durée de trois heures environ : la première veille commence en fin d'après-midi entre 16 et 19 heures (selon l'heure du coucher du soleil) ; la deuxième prend le relais, à partir de 20 ou 22 heures ; le début de la troisième veille se situe à minuit, et enfin la quatrième veille commence entre 2 heures et 4 heures pour se terminer entre 5 et 7 heures.

Tierce : troisième heure du jour, autrement dit 8 heures du matin. (*N.d.T.*)

** Les Furies, les trois divinités infernales (Alecto, Tisiphone, Mégère), exercent la vengeance divine sur les criminels. (*N.d.T.*)

toutes parts. Les vétérans des légions de César réclament vengeance, et déjà quelques citoyens recherchent les assassins... Le sang va couler, jeune Drusus.

— Cela, je le comprends. Mais je ne saisis pas l'inquiétude de mon oncle : je ne vais pas me jeter sous le fer d'une lance ou prendre part à une émeute de rue !

Le messager hésita un instant avant de répondre.

— Votre oncle Marius, inquiet, pense à votre sécurité. Il souhaite que les domestiques barricadent les portes, que vous n'ouvriez à personne, que vous ne vous éloigniez pas de l'atrium et des patios. Il sera bientôt là et s'occupera de tout.

Attentive à la conversation, Porcia s'approcha du messager et lui déclara :

— Dis à notre oncle que nous suivrons ses instructions.

J'allais protester quand je sentis la pression de sa main. Le messager nous salua d'une légère inclinaison de la tête.

— Quand notre oncle reviendra-t-il ? demandai-je.

— Tout à l'heure... vers la neuvième heure*, répondit le messager avant de quitter la demeure.

L'espace de quelques minutes, nous écoutâmes en silence le bruit de la rue qui, par moment, s'in-

* Vers 14 heures.

tensifiait. Puis Porcia appela Eunice, sa vieille nourrice.

— Dis aux esclaves de fermer les portes.

— Oh, par Isis ! sanglota Eunice. La vengeance de ce jour maudit s'abattra sur nos têtes.

— Cesse de dire des bêtises, s'impatienta ma sœur. Va, fais ce que j'ai ordonné. (Et, se tournant vers moi :) Drusus, nous ferons ce qu'oncle Marius a demandé.

Ma sœur parlait de façon persuasive malgré une certaine inquiétude que je perçus dans sa voix.

— Je ne comprends pas, protestai-je. Pourquoi ne puis-je pas sortir ? Je suis en âge de me prendre en charge. De plus, la moitié de Rome est dans la rue. Écoute, Porcia... Écoute le tumulte.

Le bruit se transforma en fracas. Des voix, des cris, des pas précipités, des cavalcades de chevaux... Dans la rue, l'agitation était bien plus grande encore que l'effervescence qui régnait lorsque se tenaient les jeux du cirque. Et moi – quelle malédiction ! – j'étais cloué à la maison.

— Je sors.

— Non, ne fais pas ça !

— Et comment donc !

— Ils ont tué Jules César.

— Justement !

— C'est un jour funeste, Drusus...

— Et historique ! Il n'est rien arrivé de tel à Rome depuis l'époque de Sylla. Je veux voir ça.

Je fixai une ceinture sur ma toge et saisis une

cape. À l'instant précis où je traversais le couloir menant vers la sortie, quelques coups brutaux ébranlèrent la porte du vestibule.

— Ouvrez ! crièrent des voix furieuses. Ouvrez aux légions de César !

Je m'arrêtai net.

Porcia étouffa un cri, Eunice s'effondra sur le banc de pierre près de l'entrée, les esclaves me regardèrent.

Des soldats ! Que cherchaient-ils dans ma maison, ces vétérans ?

Livide, Porcia nous demanda de faire silence et, comme mus par un ressort, nous reculâmes tous vers les pièces intérieures, telles des créatures traquées.

Les soldats continuaient à tambouriner contre la porte.

— Passez par-derrière ! cria l'un d'eux.

— Il n'y a personne là-dedans, répondit un autre. Ils ont dû abandonner la maison.

— Une chose est certaine : Marius Dimitius ne s'échappera pas.

Pendant quelques instants, nous les sentîmes rôder autour de la maison. Puis ils s'en allèrent. Leurs bottes résonnèrent sur le pavé, les sabots des chevaux martelèrent les dalles du pavement.

Le reste de la journée se déroula sans incidents, encore que l'ombre obscure du danger nous guettât – nous le percevions tous. Et la peur croissait à mesure que le temps passait.

Oncle Marius ne vint pas à l'heure prévue. Obéissant à une étrange prémonition, Porcia ordonna aux femmes esclaves de préparer deux malles.

— Pourquoi? demandai-je.

— Je ne sais pas... j'ai un pressentiment.

— Crois-tu que nous devions quitter Rome?

— Si ça pouvait n'être que cela, Drusus...

Je m'isolai dans le bureau de mon père, qu'occupait maintenant oncle Marius, et m'assis sur la vieille chaise aux pieds recourbés en forme de S, un meuble ramené par mon défunt père d'une de ses campagnes aux frontières de l'Est. Mon père était mort, c'était désormais oncle Marius qui siégeait sur cette chaise, et moi, adolescent orgueilleux, je rêvais d'une haute fonction au sénat.

La voix de Porcia me ramena à la réalité.

— Drusus... Drusus!

— Oui?

— Viens, oncle Marius est là.

Toute ma vie, je me souviendrais de cette nuit. Malgré les années j'aurai cette nuit présente à la mémoire. Parvenu à l'âge d'homme, j'entendrais encore la voix d'oncle Marius, cette voix déchirée... Vieillard, je verrais toujours le visage de Porcia, l'angoisse de ses traits, la pâleur de son visage... À l'approche de la mort, j'entendrais encore une fois oncle Marius, et encore une fois je percevrais la crispation de son visage. Et le ton solennel de sa voix alors qu'il nous racontait cette incroyable histoire.

— Écoutez-moi, commença oncle Marius. Autrefois, Jules César était un homme juste…, un homme qui gouvernait avec équité. Puis, à mesure que ses victoires se multipliaient, ses ambitions se firent démesurées… Cette année, en son cinquième consulat, il a été nommé consul perpétuel. César a concentré tous les pouvoirs entre ses mains.

— Ainsi, le sénat, les comices*… intervins-je timidement.

— Le Sénat, Drusus…, une marionnette entre ses mains. Quant aux autres institutions… Il ne manquait à Jules César que le titre de roi.

— Mais il y a quelques jours, oncle, aux lupercales**, Marc Antoine lui a offert une couronne lors du défilé triomphal, l'interrompis-je. Et César l'a repoussée énergiquement – je l'ai vu.

— Il n'a pas osé la prendre car le peuple l'observait.

— Il la lui a proposée trois fois, et par trois fois Jules César l'a refusée, insistai-je.

— Mais qu'aurait-il pu faire d'autre ? Se couronner devant le peuple ? Crois-moi, Drusus, Jules

* Le sénat, la plus haute autorité de Rome, surveille la religion nationale, gère les finances, dirige la politique, etc. Les comices, assemblée du peuple romain, élisent les magistrats supérieurs, votent certaines lois. (*N.d.T.*)

** Lupercales : purification du territoire et fête de la fécondité en l'honneur du dieu Faunus-loup, Lupercus (15 février). (*N.d.T.*)

César avait la ferme intention de restaurer la monarchie, une monarchie absolue et héréditaire.

— Mais Rome est une république.

— Précisément. Et pour sauver la République, il a fallu éliminer César.

— C'est pour cette raison qu'ils l'ont tué?

— Oui, Drusus.

— Qui l'a assassiné?

— C'était une conjuration. Tout a été mené selon un plan méticuleusement élaboré. Nombreux furent ceux qui ont travaillé des mois durant à ourdir le complot; la trame s'est tissée subtilement... L'autre jour, lorsque Marc Antoine lui a offert la couronne, tout est devenu clair... Soit nous agissions maintenant, soit la République mourait.

— Comment ont-ils fait? demandai-je d'une voix tremblante.

— Ce matin, César est arrivé au sénat dans une ambiance très tendue... C'était la tierce. Quand les sénateurs se sont levés pour le saluer, les conjurés ont encerclé son trône. Metellus Cimber s'est avancé à la tête d'un groupe pour présenter une pétition : le pardon de son frère qui, comme tu le sais, a été exilé... César s'est montré inflexible. Ils ont alors réitéré leur requête.

« Contrarié, César s'est assis et a manifesté son mécontentement personnel à chacun. C'est alors que Metellus a empoigné la toge de César à deux mains, lui découvrant les épaules. C'était le signal. Casca a été le premier à attaquer.

— Par Castor ! s'exclama Porcia, émue.

— César s'est débattu comme un animal aux abois, mais les coups de couteau jaillissaient de toutes parts.

— Vingt-trois coups ! récitai-je, me souvenant de la nouvelle de l'affranchi.

— Comment ?

— Vingt-trois coups de poignard. Ils lui ont donné vingt-trois coups de poignard.

— Eh bien, je ne sais pas... C'est possible.

— Il s'est défendu ?

— Au début, oui... Mais son corps était assailli par les lames. Quand Brutus lui a planté son couteau dans l'aine et que César l'a vu...

— Brutus ? Brutus Marcus ? dis-je en sursautant. Le fils adoptif de César !

— À cet instant, le regard de César est devenu si triste... il a cessé de lutter. Il a ramené sa toge sur sa tête pour se couvrir le visage... C'est ainsi qu'il s'est abandonné aux lames des conjurés.

— Mais personne... personne n'a essayé de le défendre ? demanda ma sœur.

— Personne. Le sénat a été saisi de stupeur... C'est curieux, reprit mon oncle. Savez-vous à quel endroit il s'est effondré ? Au pied de la statue de Pompée*. Ici gît son cadavre. Et vous savez quoi ? La statue... la statue est tout ensanglantée.

La voix d'oncle Marius se brisa, son regard devint

* Pompée : homme politique qui fut le rival de César. (*N.d.T.*)

humide. Puis Porcia posa la question qui nous brûlait tant les lèvres.

— Oncle Marius, qu'as-tu à voir avec tout cela ?

— Je suis un conjuré.

J'avalai ma salive.

— As-tu participé à ce crime ?

— Ce n'était pas un crime, Drusus, mais un devoir... un pénible devoir de citoyen. Je n'ai pas brandi de poignard mais j'ai activement participé à la conjuration. Je faisais partie du groupe que menait Metellus Cimber.

— C'est pour cela que les soldats sont venus à la maison ?

— Oui.

— Que va-t-il se passer maintenant ?

— Les choses ont malheureusement mal tourné. Brutus, Cassius et les autres ne sont pas parvenus à maîtriser la situation comme nous le projetions. Les vétérans des légions de César les pourchassent, de nombreux citoyens font justice eux-mêmes et, déjà, les incendies se déclarent... Vous devez quitter Rome.

Oncle Marius se leva lentement pour se diriger vers le bureau, le *tablinum*.

— Viens avec moi, Drusus.

Je le suivis.

À l'aide d'une petite clé, il ouvrit un tiroir du secrétaire pour en sortir un parchemin roulé et cacheté à la cire. Il fixa un ruban vert autour du rouleau et me le tendit.

— Garde-le.

— Qu'est-ce que c'est ?

— Un document secret. Un écrit d'une valeur inestimable. Ne le donne à personne et garde-toi bien de dire qu'il est en ta possession. Fais attention, Drusus, beaucoup convoitent ce document.

— Que dois-je en faire ?

— C'est toi qui en décideras le moment venu.

— Comment saurai-je que décider et quand le décider ?

— Quand le moment sera venu, tu le sauras.

— Et si je me trompais ?

— Alors, Drusus, que les dieux te viennent en aide ! Car personne ici-bas ne te sera d'aucun secours.

Porcia entra d'un pas pressé.

— J'ai fait préparer deux malles. Nous pouvons quitter la maison tout de suite.

— Vous partirez à l'aube, c'est plus prudent.

— Pourquoi dis-tu « vous partirez », oncle Marius ? s'inquiéta ma sœur. Tu ne viens pas avec nous ?

Oncle Marius nous regarda puis sourit avec tristesse. Il ouvrit les bras et nous nous précipitâmes contre sa poitrine. Fondus en une étreinte intense, nous pleurions tous trois, amers, notre infortune.

— C'est pénible, je le sais, mais nous devons agir ainsi. Il n'y a pas d'autre issue.

— En es-tu certain, oncle ? cria Porcia, secouée de sanglots convulsifs. Peut-être arriverons-nous... peut-être peux-tu te cacher quelque part... ?

Oncle Marius refusa d'un signe de la tête. Je serrai les poings et me mordis les lèvres jusqu'au sang.

— Ils me pourchasseront où que j'aille. Ils me trouveront où que je me cache.

— Mais tes amis… Certains sont sûrement prêts à te tendre la main.

— Je ne veux provoquer la ruine de personne, et encore moins mettre vos vies en danger. Écoutez-moi, mes petits, j'ai toujours vécu en homme digne. Le moment est venu pour moi de mourir dans l'honneur. Tu écriras cela dans le livre des hauts faits de la famille, Drusus, afin de laisser un témoignage. Le comprends-tu ?

Oui, je comprenais. J'avais été éduqué pour le comprendre. Mais cela n'interdisait pas un sentiment de rage, d'impuissance. Quand il me regarda, je sus ce qu'il attendait de moi. Porcia se couvrit le visage à deux mains, et je sentis la nausée monter.

— Drusus, tu es un patricien*, tu as dix-sept ans. Agis tel un Romain.

Sa voix s'adoucit.

— À présent, savourons le vin, buvons à la vie. Ensuite, tu réuniras les serviteurs de la maison, car mon heure sera venue.

* Patricien : le patriciat est composé des descendants des cent familles qui furent les premières à s'installer à Rome. Chaque famille prétend descendre d'un *pater* (ancêtre) plus ou moins divinisé. Hommes libres, riches et privilégiés, les patriciens appartiennent à l'aristocratie. Ce sont eux qui siègent au Sénat. (*N.d.T.*)

Ma bouche s'emplit de bile. Je courus au *lavatrina* et vomis. Je me lavai le visage plusieurs fois puis gagnai ma chambre pour préparer ma toge. Je me souvins avec quel orgueil je l'avais portée le jour de mon investiture, lorsque mon père m'avait conduit au forum. Nous étions montés jusqu'au temple de Jupiter, au Capitole, où mon père avait offert un bœuf en sacrifice. Puis l'augure* avait lu mon formidable avenir dans les viscères de l'animal.

Et maintenant... maintenant j'enfilais cette toge pour une horrible cérémonie.

Lorsque j'arrivai au *triclinium***, mon oncle était allongé sur la couche centrale, vêtu d'une tunique de soie blanche, celle qu'on porte pour les fêtes et les banquets. Membo mélangea le vin au miel puis versa le breuvage dans la coupe. À mon âge, je buvais à peine mais oncle Marius insista :

— Bois, Drusus. Et toi aussi, Porcia.

Membo nous tendit une coupe. Porcia et moi savourâmes ce *mulsum*, mélange de vin et de miel qui, pourtant, avait un goût de fiel, celui de l'amertume.

Porcia éclata en sanglots.

* Augure : prêtre qui observait certains signes (dans la nourriture, le chant des oiseaux...) afin d'en tirer des présages. (*N.d.T.*)

** *Triclinium* : salle à manger où trois lits inclinés entourent une table carrée, et où les Romains s'allongeaient pour prendre les repas. (*N.d.T.*)

— Ne fais pas ça, oncle Marius, supplia-t-elle. Ne nous abandonne pas, s'il te plaît !

Oncle Marius caressa les cheveux de ma sœur.

— Ne pleure pas, petite Porcia. Ne pleure pas ou mon âme faiblira.

J'avalai ma salive à plusieurs reprises mais je ne parvenais toujours pas à retrouver ma voix. Puis, étonné, je m'entendis bafouiller :

— Comment penses-tu agir ? Avec l'épée, ou vas-tu te trancher les veines ?

— Les veines. Mais tu dois m'aider.

— Oui, oncle Marius.

La nuit était déjà bien avancée quand tout fut prêt. Membo avait préparé le bain mortuaire ; la cérémonie se déroula selon le rituel habituel. Les esclaves vêtirent oncle Marius d'une toge *picta* brodée d'or, un vêtement propre aux triomphateurs que les généraux portaient lors des défilés. Celle-ci appartenait à mon père qui s'en était paré lors de son entrée triomphale, de retour de Gaule cisalpine.

Oncle Marius sortit du triclinium et se dirigea très lentement vers l'atrium, suivi de toute la maisonnée. Il s'arrêta près du portique, où se trouvaient les statues. Les dieux se confondaient avec les têtes et les bustes de nos ancêtres, les nymphes s'alignaient parmi nos aïeux. Sur le mur du fond se dressait le petit autel consacré aux lares et aux pénates, les dieux du foyer. Une niche, sur le côté, accueillait les masques de cire, les effigies des hommes illustres de la famille, ceux qui avaient conquis gloire et honneur pour les Manlius. Là, oncle Marius se dépouilla de ses vêtements, lut son testament et, finalement, concéda la liberté aux esclaves.

Aidée par les deux plus vieilles servantes, Porcia alluma une lanterne puis oignit de myrrhe le corps nu de mon oncle. Les esclaves apportèrent la grande bassine en bois remplie d'eau servant au bain, dans laquelle il s'immergea.

S'approchant de moi, Membo me tendit la dague. Je saisis le poignet de mon oncle, mais le courage m'abandonna.

— Je ne peux pas, sanglotai-je. Je ne peux pas…

Oncle Marius s'empara alors de l'arme et se fit une coupure superficielle. Un filet de sang s'écoula.

— Aide-moi, Drusus. Ne me laisse pas perdre courage.

Porcia, qui s'était absentée, revint de l'atrium vêtue d'une dalmatique. Ses cheveux libres tombant sur ses épaules, elle portait un vase d'onyx que l'on utilisait pour les grandes occasions.

— Bois, oncle Marius. Le vin du Rhin.

Il comprit.

Ses yeux se troublèrent. Porcia approcha la coupe des lèvres de notre oncle.

— Merci, mes chéris. Drusus, quand le poison aura fait son effet… coupe-moi les veines.

Il termina de boire le breuvage et ferma les yeux.

— Maintenant, Drusus, me pressa Porcia.

— Je ne peux pas.

— Allons, Drusus, c'est le moment. Dans un instant le poison aura gagné ses entrailles. Maintenant, Drusus.

J'enfonçai la dague dans la chair de son poignet et le sang souilla mes mains. Nous plongeâmes alors son bras dans l'eau chaude.

Petit à petit, la pièce se peupla de gens. Tous les esclaves, tous les serviteurs de la maison des Manlius contemplaient le corps exsangue de Marius Dimitius Manlius, cinquième fils de Sévère Dimitius qui s'était lui-même immolé à l'âge de vingt-neuf ans afin de ne pas mourir dans le déshonneur.

Épidure m'effleura le bras.

— Tu dois prononcer l'oraison.

— L'oraison?

— Oui, celle des morts. C'est au *pater familias* de la prononcer. Et le *pater familias*, c'est toi désormais. Tu dois officier en tant que tel.

Pour sûr, je devenais le chef de cette famille. Cela sous-entendait que je devais maintenant prendre soin de tous et veiller sur ma sœur Porcia. En cet instant où m'était révélée l'étendue de ma détresse, ce jour se fit plus funeste, et la nuit plus obscure.

Je récitai mécaniquement la prière devant l'autel des Mânes*. Tous se prosternèrent et prièrent pour le mort. Les lamentations se fondaient dans la rumeur de la nuit tandis que Porcia étendait sur le cadavre un onguent à base de lavande.

* Mânes : âmes des morts. (*N.d.T.*)

Marius Dimitius fit son entrée au royaume des ombres…

Dehors, le flamboiement des incendies.

— Nous partirons à l'aube, annonça Porcia. Nous prendrons la porte de Capène, nous nous purifierons à la fontaine Carmencia puis nous emprunterons la voie Appia.

— Non.

Porcia et moi nous retournâmes. Épidure parlait avec la sagesse qui le caractérisait, cette sagesse qui s'acquiert avec le temps – fruit de la douleur et de l'expérience.

— Ne tentez pas de quitter Rome ; des contrôles ont lieu à toutes les portes de la cité. Les vétérans, assoiffés de sang, recherchent tous ceux qui sont directement impliqués dans l'assassinat… Votre oncle était de ceux-là.

— Que faire alors ? Devons-nous rester ici ?

— Non, car ils viendront.

— Oh, Drusus ! gémit Porcia. Ils nous tueront tous, ils me violeront.

Je frémis.

— Toi, Drusus, reprit Épidure rapidement, tu iras chez Marcus Tullius Cicéron. C'est un ami de la famille qui te protégera.

— Il n'est pas impliqué dans la conjuration ?

— Je ne crois pas. Il est pour la République mais également très avisé. Membo t'accompagnera, il connaît parfaitement le quartier.

— Et Porcia ?

— Porcia ne peut te suivre, cela éveillerait les soupçons. Nous la cacherons dans la grotte jusqu'à ce que les choses se calment. Membo la descendra par le puits.

Porcia sursauta.

— Je ne veux pas descendre dans la grotte. C'est un endroit affreux.

— Certes, mais nous sommes très peu à connaître son existence, rétorqua Épidure. Ils ne te trouveront jamais ici.

J'étreignis ma sœur. Je la sentis qui tremblait entre mes bras.

— Calme-toi, Porcia.

— Le souterrain est un lieu sinistre, Drusus. Je ne veux pas y entrer.

— Il le faut. Je viendrai te chercher plus tard – je te le promets, ma sœur.

— Tu ne seras pas seule, annonça Eunice. Je descendrai avec toi.

— Tu ferais ça ? fit Porcia avec espoir.

— Je t'ai vue naître, ma fille, et je ne pense pas te voir mourir, je te l'assure.

— Le jour va bientôt se lever, intervint Membo. Le jeune Drusus et moi devons partir.

J'enlaçai ma sœur une dernière fois. La douleur nous submergeait.

— Veille sur elle, nourrice. Ne la laisse pas tomber entre les mains de la soldatesque.

— Je la tuerai de mes propres mains avant qu'ils ne la touchent. Je te le jure, jeune Drusus.

— Hâte-toi, maître, me pressa Membo. Je dois les faire descendre dans le puits.

Peu avant le lever du soleil, Membo revint avec deux capes de laine marron, celles que portent les esclaves pour les travaux des champs.

— Passez-les, conseilla Épidure. Ainsi vêtus, on vous prendra pour des esclaves.

Drapés dans les capes, Membo et moi nous couvrîmes la tête à l'aide des capuches et sortîmes dans la rue. Les verrous claquèrent derrière nous. Mes pas, ceux de Membo résonnaient sur le pavé ; le vent nous fouettait le visage.

Les fumées opaques des incendies éclipsèrent les premières lueurs du jour tandis qu'un brouillard dense s'élevait du Tibre.

2. *POSTRIDIE IDUS MARTIAS*
16 mars

La lueur de l'aube gagnait le ciel obscurci par des colonnes de fumée noire qui s'élevaient d'un peu partout. L'air, malgré une température basse, était lourd.

— Les incendies, souffla Membo. La nuit a été terrible.

Nous progressâmes dans les rues désertes en ligne droite un long moment, puis nous empruntâmes le chemin de la Montée Publique. Peu après, nous aperçûmes un premier barrage.

— Qu'allons-nous faire? demandai-je.

— Continuer tout naturellement.

— Et s'ils nous arrêtent... ?

— Laisse-moi faire, jeune maître.

Les soldats nous ordonnèrent de nous arrêter. L'un d'eux, un homme gras et en sueur, s'approcha de nous.

— Où allez-vous ?

— Au *forum boarium**, répondit Membo. Nous sommes les esclaves du sénateur Lépide Catulle, et nous allons au marché.

— À cette heure-ci ?

Membo lui lança un regard agacé.

— Si j'étais soldat, comme toi, je ne me lèverais pas à l'aube. Mais je suis esclave et, à la tierce, je dois ramener les légumes à la cuisine.

— Ah oui ! fit le soldat, offensé. Et à quelle heure crois-tu qu'un soldat se lève ?

— De bonne heure, je suppose. Mais j'échange avec toi ton emploi sur-le-champ. De plus, je t'offre cette espèce d'empoté que ma maîtresse m'a imposé, continua Membo en me montrant du doigt.

Lorsque le gros soldat me considéra avec curiosité, mes jambes commencèrent à flageoler ; je ne parvenais pas à comprendre où Membo voulait en venir en jouant à ce jeu dangereux.

— Tu vois ? dit Membo qui, repoussant un peu ma capuche, découvrit mes yeux effrayés. Il vient d'arriver à Rome, et c'est à moi qu'il revient de faire la bonne d'enfant. Je dois le traîner partout avec moi, lui montrer les rues, les bains, les marchés… S'il avait un soupçon de malice, je lui enseignerais quelques ruses, mais regarde un peu cette tête de niais ! Par Jupiter, il va me gâcher la matinée !

Tandis que les soldats étaient agglutinés autour

* Marché aux bœufs. (*N.d.T.*)

de nous, Membo levait et baissait ma capuche. Mon visage, l'image même de l'épouvante, amusa tellement les hommes qu'ils nous laissèrent franchir le barrage.

Nous gardâmes une allure normale puis, dès que nous fûmes hors de vue du barrage, nous courûmes comme si toute la cohorte prétorienne était à nos trousses. Nous nous effondrâmes, épuisés, près d'un bosquet.

— Tu es fou, Membo ! Comment as-tu pu imaginer une chose pareille ?

— Cette idée m'est venue à l'esprit pendant que nous marchions. Et en vérité, jeune Drusus, tu as une tête de niais.

— Qui est ce sénateur Lépide Catulle ?

— Oh, tu ne vas pas dire que je n'ai pas trouvé un nom bien composé !

Nous nous regardâmes. Les yeux sombres de Membo brillaient de malice. Je lui tendis une main qu'il serra avec force.

— Merci, dis-je simplement.

Membo me sourit puis baissa la tête, comme embarrassé.

La maison de Cicéron se situait sur le Palatin, non loin du Germal*. En grimpant la Montée de la Victoire, nous l'aurions atteinte en moins de deux

* Germal : une des collines de Rome, près du mont Palatin. (*N.d.T.*)

heures, mais nous choisîmes de faire un détour en longeant le cirque Maxime puis la voie Triomphale. Le chemin était certes plus long mais, par là, nous évitions les soldats.

Cicéron nous reçut dans le tablinum puis m'écouta, l'air très sérieux. Lorsque je lui racontai la mort d'oncle Marius, il leva une main à son front et, la paume ouverte, se couvrit les yeux. Il baissa la tête.

— Drusus, j'aurais voulu t'héberger mais tu cours un grand danger en restant ici.

— As-tu, toi aussi, pris part à la conjuration ?

— Non, non, s'empressa-t-il de répondre. Il n'est pas question de cela. Mais Marc Antoine, le lieutenant du défunt César, me hait. Et il ne serait pas prudent qu'il fasse le lien avec ton oncle.

Les choses étaient donc ainsi. Par peur, les amis d'oncle Marius le reniaient.

— Tout cela ne sera que l'affaire d'une journée. Rome retrouvera bientôt son calme, mais il faut être prudent, très prudent… Ma tête pourrait finir plantée au bout d'une pique.

— Et ensuite ?

— Après il faudra attendre. Si des listes de proscrits sont dressées, beaucoup tomberont. Sinon, les choses reprendront leur cours normal… Mais laissons là les conjectures, il est urgent de se soucier de ta situation.

— Et de celle de ma sœur.

— Et de celle de ta sœur. Voyons, avez-vous mangé ?

— Non, répondit Membo avec empressement.

— Bien, on vous servira une bonne collation dans la cuisine, dit Cicéron en m'adressant un clin d'œil. Les esclaves mangent à la cuisine.

Comme j'étais connu de la maisonnée, Cicéron préférait que personne ne découvrît ma présence chez lui. Il ne le faisait pas pour moi mais pour sa propre sécurité ; il cherchait à se protéger.

Je considérai Cicéron avec étonnement. Cet homme était un orateur hors du commun. Lorsqu'il parlait, le sénat tout entier se taisait. Une fois, j'avais assisté à l'un de ses discours. J'étais demeuré tout simplement ébloui par l'intelligence de ses paroles. Il était réputé pour le tranchant de sa langue et ses ennemis tremblaient devant ses diatribes. Et voilà que cet homme, ce fils illustre de Rome, était là, à trembler devant moi, comme un lapin effrayé qui se terre. Le moment venu, pensai-je, jamais Cicéron n'aurait le courage de quitter la vie comme un Marius Dimitius.

— Jusqu'où es-tu impliqué ? lui demandai-je à brûle-pourpoint.

— Je ne veux pas parler de ça, répondit-il d'un ton sec et cassant.

On nous offrit des œufs et du lard frit, du pain tartiné de saindoux. Membo, qui n'avait pas perdu sa bonne humeur, s'amusait avec une jeune esclave aux longues jambes et aux seins gonflés. Quant à moi, déçu jusqu'à la moelle, j'avais à peine avalé une bouchée.

Notre amphitryon ne réapparut qu'à la nuit tombée. À cette heure-là, un domestique vint nous chercher. Cicéron nous attendait dans le péristyle.

— Il va nous mettre à la porte, marmotta Membo.

Une lettre à la main, le maître des lieux ne chercha nullement à tergiverser.

— Drusus, j'ai envoyé un courrier au sénateur Flavius Valère Arrius. C'était un grand ami de ton grand-père.

— Il l'était, assurai-je en me souvenant du doux visage du sénateur.

— Lui te cachera. Je viens de recevoir sa réponse.

— Dois-je partir maintenant ?

— Oui, le sénateur t'attend.

La perspective de retrouver la rue n'avait rien d'encourageant, d'autant plus que la maison de Flavius se trouvait sur la colline du Quirinal.

— Si nous l'avions su, rouspéta Membo à voix basse, on se serait épargné cette longue marche fatigante.

Cicéron fit un signe au domestique qui sortit. Ce dernier revint aussitôt, accompagné d'un petit homme à l'air renfrogné.

— Es-tu le cocher ? demanda Cicéron.

— Oui.

— Sais-tu où tu dois les conduire ?

— On me l'a expliqué.

— Drusus, toi et ton compagnon allez mettre du

temps à arriver, mais ne vous inquiétez pas. Vous serez en sécurité.

— Ainsi, nous allons voyager en voiture ?

— Oui, c'est bien plus sûr.

Je n'osai demander si la voiture appartenait à Cicéron ou à Flavius. Cicéron me serra dans ses bras, je répondis froidement à cette accolade.

— La voiture est au sénateur Flavius, c'est lui qui l'a envoyée, m'expliqua Membo.

— C'est le cocher qui te l'a appris ?

— Oui, et il m'a dit bien d'autres choses.

— Lesquelles ?

— Eh bien, que c'est la révolte dans la maison des Arrius.

— La cité tout entière est en proie à la révolte, répliquai-je.

— Oui, oui, mais il faut redoubler de prudence. Le cocher prétend que le sénateur, voilà quelques jours, a envoyé plus de vingt messages à sa petite-fille Valeria dans une maison de campagne en Ombrie.

— Tu vois, dis-je, tentant de minimiser la gravité de ses propos, il y a plusieurs jours, Jules César était encore en vie.

— Ton sénateur est sans aucun doute un homme prévoyant.

— Allons, Membo, Flavius Valère ne peut être mêlé à la conjuration, c'est un vieillard.

— Va donc savoir !

Le voyage sembla interminable mais la voiture ne fut pas arrêtée une seule fois. Lorsque enfin nous descendîmes de voiture pour entrer dans la maison des Carmenes, la résidence des Arrius, il faisait nuit.

Luxueuse et confortable, la demeure du sénateur Flavius Valère se dressait sur un flanc du Quirinal. On pouvait y accéder par la Montée du Salut, une rue donnant sur la façade principale de la maison. Comme beaucoup de maisons à Rome, elle avait son pavement élevé deux marches plus haut que le trottoir. L'entrée encadrée de pilastres aux chapiteaux somptueux formait un petit vestibule. Puis d'épaisses colonnes et une porte en bois ouvragé ornée de deux panneaux s'ouvrant vers l'intérieur donnaient accès aux *fauces*, un petit couloir débouchant sur le premier atrium. Dans l'atrium, patio quadrangulaire percé d'un portique, s'alignaient des auvents richement décorés et des pièces de service avec leurs toits inclinés vers l'intérieur du patio. Au centre des toits s'ouvrait le *compluvium* par lequel pénétrait la lumière. Juste en dessous se trouvait l'*impluvium,* de forme rectangulaire, un bassin couvert de mosaïque.

Derrière celui-ci, face à la porte d'entrée, se trouvait la salle à manger à gauche et, à droite, le tablinum – le bureau dans lequel le sénateur recevait clients et affranchis, le matin.

Adossé à l'atrium, le péristyle de la maison des Carmenes ne se résumait pas à un simple patio muni d'un portique. Véritable jardin piqué d'arbres, le péristyle s'ornait en son centre d'un grand bassin surmonté d'une fontaine. Tout autour se dressaient une série de magnifiques colonnes doriques qui s'ouvraient sur les appartements de la famille, la bibliothèque, la salle des banquets. Au fond, on trouvait un verger et un boqueteau qui montait jusqu'au cœur même du Quirinal.

Un robuste esclave germain, Budrinius, me conduisit vers la chambre qui m'était réservée. À présent séparé de Membo, je ressentais une certaine appréhension. Membo était un affranchi égyptien d'oncle Marius ; mon père l'avait acheté à des pirates de Cilicie pour l'offrir à son frère. Membo avait vécu près de moi des années durant et, au cours des dernières heures, il était devenu mon unique protecteur. Je ne voulais pas me séparer de lui.

Sextina, la vieille gouvernante du sénateur, me prépara un bain. Dès que je fus propre, elle me vêtit d'une tunique courte et de sandales en cuir. Lorsque j'eus fixé la ceinture autour de ma taille, je retrouvai un peu d'aplomb. Malgré tout, c'est en tremblant que j'entrai dans la pièce où m'attendait Flavius Valère, seul.

Lorsqu'il me vit, le vieil homme ouvrit les bras et je me précipitai vers lui en sanglotant. C'était la première manifestation d'affection qui marquait cette interminable et atroce journée.

Nous parlâmes longuement. Je lui confiai ma rage, mon impuissance.

— Avant tout, il faut se préoccuper de ta sœur et la sortir de là aussi vite que possible.

Je lui indiquai ce qu'il fallait faire et l'emplacement de la grotte, du puits.

— Tu la ramèneras demain ? demandai-je.

— Je tâcherai de le faire. Quant à toi, Drusus, tu ne dois pas franchir ces quatre murs ; tout le monde doit croire que vous avez fui Rome.

— Ça ne sera pas difficile. À l'heure qu'il est, la nouvelle du suicide de mon oncle court de bouche à oreille…

L'angoisse soudain m'envahit. Remarquant mon trouble, Flavius m'envoya dans ma chambre.

— Va te reposer, Drusus… Et ne t'inquiète pas, cette pénible situation ne s'éternisera pas.

— Sénateur, y aura-t-il des bannissements ?

— Je ne crois pas, Drusus. Ça dépendra du jeune Octave, le neveu de César. Il est déjà arrivé à Rome pour s'emparer du pouvoir.

— Et quelle attitude adopteront Marc Antoine, Lépide et les autres consuls ?

— Pour l'instant, ils obéissent au sénat. Mais ton oncle, Drusus, était trop impliqué dans la conjuration. Il serait plus sage que tu ailles vivre en Hispanie, avec ta mère.

— Mais nous n'avons rien à voir avec la conjuration ! criai-je, exaspéré. Nous ne connaissions même pas son existence.

— Je sais… mais les choses sont ainsi à Rome.
— Que vais-je faire ?
— J'y ai réfléchi.
— Mais Porcia doit m'accompagner.
— Ne devance pas les événements, mon garçon. Au moment opportun, il adviendra ce qu'il doit advenir.

Flavius Valère avait raison.

Je le saluai puis me retirai dans mon *cubiculum**. Je cherchai le sommeil en vain quand, subitement, je me souvins de la maison, de Porcia enfermée sous terre. J'éprouvai une telle angoisse que j'avais du mal à respirer. J'inspirai une profonde bouffée d'air que j'expédiai au fond de mes poumons puis expirai lentement. Je répétai l'opération plusieurs fois. C'était mon précepteur grec qui m'avait enseigné cela. Je finis par me détendre mais, trop abattu, je ne pus trouver le sommeil.

Le souvenir d'oncle Marius était pareil à une plaie vive ; je sentais encore ses veines dans mes mains. Lorsque je fermai les yeux, mon oncle apparut au milieu des brumes. La baignoire rouge sang. Je voulais ouvrir les yeux, mais j'avais l'impression que mes paupières étaient cousues. Puis Porcia jaillit près de la tête d'oncle Marius. Et, de nouveau, je vis la lividité du visage de ma sœur, les lèvres de Marius Dimitius s'ouvrant et se fermant

* *Cubiculum* : chambre à coucher. (*N.d.T.*)

sur les vingt-trois blessures béantes d'un corps tombé au pied d'une statue.

J'entendais la voix d'oncle Marius : « Et tu sais quoi, Drusus ? La statue… La statue de Pompée est tout ensanglantée ! »

3. *ANTE DIEM XVI KALENDAS APRILES* 17 mars

Lorsque je me réveillai, à l'aube, Membo préparait mes vêtements.

— On m'a assigné à ton service particulier, jeune Drusus.

— Je te récompenserai. Étant maintenant le *pater familias*, je dispose de tous les biens de ma maison.

Membo sourit. Je fus alors surpris des paroles que je venais de prononcer. Je décidai de ne plus parler tel un patricien, car ma situation n'était pas précisément celle d'un privilégié. Je me souvins du temps du dictateur Sylla* ; à cette époque, de nombreux proscrits avaient perdu la vie, leurs

* Sylla : (138-78 av. J.-C.) homme politique et général romain. Lorsqu'il se rendit maître de Rome, en 82 av. J.-C., il ordonna des massacres, des proscriptions et des confiscations de biens. (*N.d.T.*)

familles s'étaient vu confisquer leurs terres, leurs biens et même la citoyenneté. C'est pourquoi il était choquant, en ces moments où ma vie ne valait pas un sesterce, de me voir offrir quelque chose à un affranchi qui me tenait à sa merci, puisqu'il pouvait aussi bien me dénoncer.

Membo me tendit une tunique.

— J'ai mon pécule, rétorqua-t-il.

— Mon oncle te payait-il correctement ?

— Superbement bien.

— Ne me dis pas que tu es riche, Membo !

— Je ne peux pas me plaindre.

— Mais alors, pourquoi m'as-tu accompagné ?

— J'ai promis à ton oncle de veiller sur ta sœur et toi. Je tiens toujours mes promesses.

— Quel âge as-tu ?

— Dix-neuf ans.

— Quand la tempête sera passée, tu pourras t'établir à Rome.

— Non, j'irai en Hispanie avec toi ; j'ai toujours apprécié l'aventure.

Décidément, j'allais de surprise en surprise.

Nous nous regardâmes. Mus par un même élan, Membo et moi nous étreignîmes avec vigueur... Durant cette chaleureuse accolade, nous n'étions plus maître et affranchi mais deux garçons de dix-sept et dix-neuf ans qui, sur cette terre, représentaient tout l'un pour l'autre.

Sans prononcer une seule parole, nous venions de sceller un pacte d'une grande force.

À la première heure, le sénateur Flavius Valère partit chercher Porcia en compagnie de quelques esclaves. Il m'interdit de le suivre, si bien que je passai la matinée à déambuler oisivement dans la maison. J'allais parfois dans le patio consulter la clepsydre qui semblait égrener le temps trop lentement. On terminait de servir le repas quand Flavius revint avec ses gens.

Lorsque j'arrivai à sa rencontre, quelque chose dans ses gestes, ou la pâleur de son visage, me laissa penser que tout ne s'était pas bien passé.

— Drusus, suis-moi dans le tablinum.

J'obéis.

Dos à la porte, il regardait vers l'atrium. Sa silhouette, légèrement voûtée, me donna l'impression qu'il avait rapetissé.

Dehors, la pluie commençait à tomber; les gouttes martelaient la mosaïque ocre et jaune qui décorait le fond du bassin.

— Rome retrouve son calme, dit le vieillard sans se retourner. Les légions regagnent les casernes... D'ici trois jours, César sera incinéré, les honneurs lui seront rendus au Capitole. Marc Antoine prononcera alors l'oraison funèbre... ce sera le seul moment dangereux.

Je gardai le silence ; retenant mon souffle, je pressentais autre chose.

Flavius poursuivit sans me regarder :

— Ils ont confisqué vos propriétés, ils ont posé les scellés sur votre maison.

— Alors… tu t'es rendu là-bas ?

Le sénateur acquiesça mais continua, obstiné, à regarder l'atrium, comme fasciné par l'eau de l'impluvium.

Je ne parvenais pas à l'interroger. Je savais que le malheur gisait dans ma question et je refusais d'entendre la réponse. En fait, je l'avais su dès que j'étais entré dans le bureau et qu'il m'avait tourné le dos.

— Et Porcia ? murmurai-je. Où est-elle ?

Flavius demeura silencieux, les yeux rivés au bassin.

Il me fut insupportable de me retenir plus longtemps.

— Ma sœur ? Qu'est-il arrivé à ma sœur ?

— Drusus… Porcia a… disparu.

— Je ne vous comprends pas.

Pour toute réponse, il se dirigea vers la table puis me tendit un rouleau de papyrus.

— Tiens, je l'ai trouvé dans la cave.

Je reconnus le journal de Porcia.

— Ils l'ont tuée, n'est-ce pas ? hurlai-je. Ma sœur est morte !

— Non, non. Par Jupiter, Drusus ! Veux-tu te calmer !

— Elle n'est pas morte ? C'est bien vrai qu'elle n'est pas morte ? soufflai-je.

— Je n'en sais rien.

Voyant l'épouvante sur mon visage, il continua :

— En vérité, je n'en sais rien. J'ai procédé à

quelques vérifications. Aucune jeune fille n'a été assassinée, on ne m'a parlé d'aucune violence de cette sorte. Et j'ai de bons informateurs, crois-moi !

— Et alors ?

— Alors, Drusus, tout ce que je sais, c'est qu'elle n'est pas dans ce maudit puits.

— Il se peut que je me sois mal expliqué, tes gens n'ont peut-être pas trouvé l'endroit exact… Et dans la maison ? Avez-vous regardé dans la maison ?

— Nous avons tout fouillé.

Je m'effondrai.

— Tu dois l'accepter, Drusus.

— Comment ?! Accepter que mon unique sœur de treize ans déambule au cœur de la nuit, livrée à elle-même ? Accepter qu'elle soit assassinée au détour d'un chemin ? Accepter, dis-tu ! Accepter que le malheur se soit abattu sur ma famille ?

Assis près de la fontaine, à la lumière du compluvium, je déroulai avec grande précaution le journal de Porcia. La pensée de l'avoir perdue m'était si douloureuse que mon cœur se serrait. Je suivis le tracé de ses lettres inégales, caressai le papier aux coins abîmés. Je respirai l'odeur familière ; le papyrus sentait le basilic et la lavande, comme les cheveux de Porcia. C'était moi qui lui avais offert ces rouleaux, sachant qu'elle aimait écrire. Porcia avait alors douze ans.

Fragments du journal de la jeune Porcia
Été de l'an 464 *post reges exactos**.

Lunae dies
(Lundi. Jour de la Lune)

Je vais avoir douze ans. Drusus m'a offert ces papyrus afin que je tienne un journal. Je pense noter ici tous les événements importants.

Papa a dit que nous célébrerons une grande fête en l'honneur de mon anniversaire. Maman est restée très silencieuse – c'est étrange.

Martis dies
(Mardi. Jour de Mars)

Les préparatifs de mon anniversaire battent leur plein. Eunice passe ses journées à donner des ordres, traite les jeunes esclaves de paresseuses. Quand j'ai ri, elle s'est fâchée. Eunice pense que tout ne sera pas prêt pour samedi – samedi, jour de mon anniversaire.

Mercurii dies
(Mercredi. Jour de Mercure)

Je ne comprends pas ce qui se passe dans cette

* *Post reges exactos* : « après l'expulsion des rois ». Le dernier roi de Rome, Tarquin le Superbe, a été expulsé en 509 avant J.-C. Le journal de Porcia est donc de l'été 45 avant notre ère. (*N.d.T.*)

maison. Mon frère Drusus, d'une humeur massacrante, passe ses journées le nez dans ses livres. Quand j'essaie de bavarder ou jouer avec lui, il me rejette sous prétexte qu'il doit préparer ses leçons – chose étrange et suspecte si l'on considère que Drusus est un fieffé fainéant. Papa, bien que toujours gentil avec moi, m'évite aussi. Et j'ai vu maman pleurer ce matin.

Iovis dies
(Jeudi. Jour de Jupiter)

Plus que deux jours avant la fête et je ne vois toujours aucun préparatif. Eunice pousse des cris toute la journée.

Veneris dies
(Vendredi. Jour de Vénus)

Le choc. Maman m'a appelée pour m'annoncer qu'il n'y aura pas de fête d'anniversaire.
— Pourquoi ? lui ai-je demandé.
— Ton père te l'expliquera.
J'ai interrogé Eunice. Aucun résultat.
Je me suis tournée vers Épidure, le précepteur. Silence.
J'ai abordé la femme de chambre de ma mère. Muette.
Je crains que nous ne soyons ruinés ou quelque chose comme ça. Peut-être papa doit-il encore partir pour une de ces horribles guerres. J'ai dit à Drusus que je ne souhaitais pas qu'il soit militaire

à sa majorité. Mon frère a répondu que ça n'était pas possible car tous les citoyens sont tenus d'être militaires. Je ne comprends pas.

Saturni dies
(Samedi. Jour de Saturne)

C'est le jour de mon anniversaire. En réalité, ç'a été le jour le plus triste de ma vie.

Papa nous a demandé de le rejoindre dans son bureau, Drusus et moi.

— Que se passe-t-il ? ai-je demandé à mon frère.

Pour toute réponse, il m'a donné un de ses odieux coups dans les tibias.

« Maintenant… c'est maintenant qu'il va nous annoncer que nous sommes ruinés », ai-je pensé.

Je me trompais complètement. C'était bien pire. Pire que tout.

Papa ne nous a pas ménagés.

— Votre mère et moi nous nous séparons.

J'ai ouvert des yeux aussi grands que des soucoupes, j'ai regardé Drusus en espérant qu'il dise quelque chose. Rien. Drusus le savait déjà, c'est la raison pour laquelle il s'enfermait dans les livres.

Je me suis mise à pleurer. Papa ne nous a pas épargné son sermon.

Il nous a parlé des différences entre époux, de je ne sais quelle vie en commun, un fatras de stupidités qui ne m'intéressent pas le moins du monde.

Tout ce que j'ai compris, c'est que maman quitte

la maison, que je ne vais plus vivre avec mes deux parents. C'est plus que je n'en peux supporter.

Ainsi se terminait la première bande de papyrus. Je l'enroulai délicatement et déroulai la deuxième avec la même précaution.

Fragments du journal de la jeune Porcia

Automne de l'an 464 *post reges exactos*
Septembre

C'est arrivé. Aujourd'hui, mes parents se sont séparés. Ils l'ont fait en usant de la formule de la répudiation qui consiste en ceci : le mari signe un papier où on peut lire : «Conditione tua non uxor», *autrement dit : « Ta condition n'est plus celle d'épouse. » L'homme envoie ce papier à la femme par l'intermédiaire d'un affranchi. C'est un comble !*

— Que veut dire répudier ? ai-je demandé à Eunice.

— Eh bien, c'est quand le mari envoie dire à son épouse qu'elle doit rassembler ses affaires et quitter la maison car elle cesse d'être son épouse.

— Mon père a fait ça ?

— Oui.

En rage, j'ai traversé le jardin en courant et suis entrée en trombe dans le séjour de ma mère.

— Comment peux-tu rester tranquillement ici quand ton mari vient de te jouer un si mauvais tour ? ai-je crié.

— Calme-toi, Porcia, a répondu ma mère en me tendant les bras. Viens ici.

Je me suis jetée dans ses bras en pleurant très fort. Maman, très triste, m'a caressé les cheveux.

— Je ne lui pardonnerai jamais. Je ne pardonnerai jamais à mon père.

— Tu es trop jeune pour comprendre certaines choses, Porcia.

La sérénité de ma mère m'a exaspérée davantage encore. Plus elle cherchait à me calmer, plus je pleurais.

— Essaie de comprendre.

— Je ne veux pas.

— Porcia, tu devras l'accepter, m'a-t-elle dit en me faisant face. Il faut te faire une raison.

Le ton tranchant avec lequel elle me parlait m'a stupéfiée. Mes larmes ont cessé immédiatement.

— Ça ne te fait rien qu'on te donne le libelle de répudiation ?

— Pas trop.

Mon frère Drusus est entré à cet instant et est intervenu.

— Pour moi, c'est important. Si vous vouliez vous séparer, vous auriez pu choisir une autre formule. Ça ne me plaît pas à moi que ma mère soit une répudiée.

— Pourquoi, Drusus ? Cela blesse-t-il ta dignité ?

— Oui. Un divorce par consentement mutuel aurait été plus honorable.

— Écoutez, mes enfants, votre père est le pater familias, *c'est lui qui prend les décisions en ce qui*

concerne cette maison, et personne ne peut s'opposer à son autorité. Je croyais que vous saviez tout cela.

— Nous le savons, a répondu mon frère. Mais nous n'aurions jamais imaginé une telle chose.

— Vous survivrez, a soupiré ma mère. J'ai une dot qui me permettra de mener une vie aisée, ne vous inquiétez pas pour moi.

— Et nous ? me suis-je rebellée. Qu'allons-nous devenir ? Quelqu'un dans cette maison se soucie-t-il de nous ?

— Vous resterez ici, chez votre père, a rétorqué maman qui, souriante, me semblait soudain très lointaine. Rien n'altérera vos vies.

— Je veux t'accompagner.

— Je sais, Porcia, mais c'est impossible. Ta place est dans la maison de ton père.

Octobre

Ma mère est partie, voici deux jours. Drusus et moi avons eu le cœur brisé.

À l'aube, nous l'avons vue partir furtivement, comme une voleuse. Les serviteurs ont chargé ses malles puis elle s'est installée dans la voiture sans se retourner. Malgré son apparence sereine et contenue, elle mourait de chagrin, je le sais. Elle est partie sans une plainte, sans une seule fois tourner la tête.

— Votre mère est une authentique patricienne, a dit Eunice. Digne émule de Cornélie, mère des Gracques.

J'ignore ce que signifie «émule», ni qui est cette Cornélie dont tout le monde parle et qu'on donne en exemple. Je m'informerai.

Novembre

Je me suis informée sur cette satanée Cornélie Gracques. Épidure, notre précepteur, m'a appris que c'était une Romaine célèbre parce qu'elle a élevé seule un tas de fils tout en restant un modèle de vertu. Allons donc!

Je déteste cette Cornélie. Je déteste toutes les vertus romaines. Depuis le départ de ma mère qui s'en est allée comme une voleuse, je désire devenir plébéienne ou barbare.*

Décembre

J'ai pris une décision.

Moi, Porcia, je jure que jamais je ne me soumettrai à la volonté d'un homme – même si pour l'instant il vaut mieux le cacher... Mais mon heure viendra.

Je le jure.

Dont acte, je le note ici, dans ce journal.

Porcia, fille de Drusus Dimitius
et de Terentia
De la famille Manlius

* Les plébéiens n'avaient aucun accès à l'assemblée du peuple. (*N.d.T.*)

Une vague de tendresse m'envahit. Roulant la deuxième feuille de papyrus, je respirai l'air du soir.

— Oh, Porcia, Porcia… ma petite sœur !

Je me souvins de la séparation de mes parents – des moments tristes pour toute la maison, s'il en fut. Au début, mon père nous évitait et la maison avait perdu sa gaieté. Le temps aidant, les choses ont repris leur place, et nous avons appris à vivre sans notre mère.

Un jour, Eunice nous annonça que notre père allait se remarier.

— À son âge ? s'étonna Porcia.

— Il n'a que cinquante-quatre ans.

— Cela te semble jeune ?

— Les coutumes romaines sont ainsi faites. En outre, un homme n'est jamais vieux… Voyez, votre future belle-mère n'a que vingt-quatre ans.

— Par Mars ! jura Porcia.

— En réalité, continua Eunice, vos parents ne se sont pas séparés par mésentente ni à cause de cette sottise selon laquelle votre père va de guerre en guerre. Cela importait peu à votre mère, une authentique patricienne qui a parfaitement conscience qu'une épouse est faite pour élever les enfants et tenir son rang.

— Une épouse est faite pour ça ? dit Porcia sombrement.

— Bien entendu. Sinon, à quoi servirait-elle ?

— Cela m'amuserait de le savoir. En tout cas, je ne me marierai jamais.

— Ne dis pas de bêtises.

— Aucun vieillard ne me fera d'enfants ni ne me donnera le libelle de répudiation.

Eunice affirmait que les dames romaines, lorsque leur vie conjugale devenait ennuyeuse, pouvaient se trouver un amant ou se tourner vers un bel esclave. À ces mots, je me fâchai et la menaçai de tout révéler à mon père, qui la rouerait de coups. Lorsqu'Eunice fit la moue, Porcia et moi éclatâmes de rire et nous oubliâmes notre future marâtre de vingt-quatre ans.

Cependant, la noce promise n'eut jamais lieu. Lorsque la guerre éclata entre César et les fils de Pompée, mon père prit de nouveau la tête de la quatrième légion. Il partit par un matin froid.

Puis le destin fit tourner la roue.

Nous commençâmes alors à vivre avec oncle Marius.

Le temps se rafraîchissait. Chargé d'une fine pluie, un vent froid soufflait du nord-est. Je me réfugiai sous les colonnes du patio et terminai de lire le journal.

FRAGMENTS DU JOURNAL DE LA JEUNE PORCIA ÉTÉ DE L'AN 465 *POST REGES EXACTOS* (*709 AB URBE CONDITA**)

Sextilis
(Août)

Je n'ai pas repris l'écriture de ce journal depuis longtemps – la moitié d'un an précisément.

À présent, j'ai treize ans, et notre maison a vécu de tristes moments.

Mon père est tombé sur le champ de bataille, à Munda. On lui a rendu des honneurs dignes d'un héros. Jules César en personne et son épouse Calpurnia nous ont honorés de leur visite. Calpurnia m'a offert un anneau en forme de scarabée.

*Maman nous écrit souvent. Remariée, elle vit maintenant en Hispanie car son mari est préteur** de la province de Tarragone. Nous irons bientôt lui rendre visite. Maman dit que l'Hispanie est un très beau pays. J'ai très envie de le connaître et, par-dessus tout, de revoir ma mère. Oncle Marius m'a dit que, si je le souhaitais, il me permettrait de vivre avec elle. C'est certainement ce que je ferai. Drusus n'en a pas le droit : il est tenu de rester à Rome pour*

* *Ab Urbe condita* : « depuis la fondation de la Ville », c'est-à-dire Rome. (*N.d.T.*)

** Préteur : magistrat judiciaire qui exécutait et interprétait la loi. (*N.d.T.*)

devenir militaire puis sénateur, ou comme un de ces vieillards. Je ne veux pas me séparer de mon frère.
Pourquoi devons-nous vivre le cœur divisé ?

Ainsi se terminait le dernier rouleau.

Porcia ne pourrait peut-être jamais reprendre ce journal ! Peut-être ne me resterait-il d'elle que ces quelques feuilles de papyrus !

Je ne pus réprimer des sanglots.

Durant un long moment, je pleurai ma sœur, je pleurai sur mon sort, les jours adverses de notre infortune.

— Je jure devant les dieux que je te retrouverai, Porcia, même si pour cela je dois ouvrir la terre !

J'en pris à ce moment la décision.

Quand Membo me rejoignit, je lui annonçai :

— Cette nuit, nous irons voir à la maison.

On eût dit qu'il attendait cet instant.

Hochant la tête, Membo disparut sans faire de bruit.

4. *ANTE DIEM XV KALENDAS APRILES* Nuit du 17 au 18 mars

Et vint la nuit. Trois jours après le meurtre de César.

Membo se présenta à l'heure convenue. Sextina, la vieille gouvernante, lui avait remis la clé de la petite porte du jardin. Issue dissimulée derrière de grands massifs d'hortensias, la porte donnait sur la partie postérieure de la maison.

Nous patientâmes.

Après que les lampes à huile furent éteintes et que toute la maisonnée se fut retirée, Membo et moi sortîmes très prudemment. Passé le tablinum, nous distinguâmes la silhouette du vieux sénateur, travaillant à son bureau, à la lueur d'un chandelier de marbre ; il semblait mettre de l'ordre dans ses dossiers.

Nous descendîmes la colline en pente douce puis, empruntant le raccourci, nous nous faufilâmes entre les cèdres. Des chiens aboyèrent lorsque nous passâmes près d'un muret. Le ciel demeurait clair, les gouttes de rosée formaient sur les feuilles une maille de cristaux.

Bientôt la lune se lèverait.

Telle une masse lugubre, la maison se dessinait entre les arbres.

Pas un bruit. Les scellés étaient toujours apposés sur les portes. Prenant une pierre, Membo brisa un volet. Le bois éclata, troublant la paix de la nuit, et c'est alors que des yeux percèrent l'obscurité.

Je reculai.

— Du calme, jeune maître, ce n'est qu'un chat.

Le félin nous frôla en feulant.

Nous entrâmes dans la maison. Tout était sens dessus dessous. Membo fouilla les meubles, les malles, les coffres. Vides, tous vides.

— On n'a pas laissé un sou à ta famille.

— Il est évident qu'on a visité la maison.

Malgré nos recherches, nous ne dénichâmes aucune piste menant à Porcia ; pas d'objet que nous aurions pu identifier ni de tablette portant un message… Rien.

— Descendons jusqu'à la cachette.

— Pourquoi ?

— Je veux m'assurer personnellement que ma sœur n'est pas en bas.

Après avoir installé l'échelle, nous descendîmes prudemment dans le puits en nous tenant aux saillies de la paroi.

— Je ne comprends pas comment Eunice ne s'est pas tuée en descendant, grommela Membo. Au moindre faux pas, on se casse la figure.

Plongeant sur cinquante pieds de profondeur environ, le puits à sec se terminait par un cercle de pierre. Il fallait chercher l'anneau à tâtons. Membo tira puis déplaça le panneau qui, comme une chatière, s'ouvrait à ras du sol. Rampant à travers l'ouverture, nous pénétrâmes dans une pièce carrée très bien pourvue. Il y avait là une paillasse, une table, des amphores ; au mur, un garde-manger.

Nous parcourûmes la crypte dans toutes les directions. Je tournai dans la pièce comme un tigre en cage, je criai et criai comme si quelqu'un pouvait m'entendre dans ce caveau.

— Porciaaa... Euniiice...

— Inutile, me dit Membo qui avait minutieusement fouillé l'endroit alors que je m'égosillais. Elles ne sont pas là. Mais une chose est sûre : personne ne les a trouvées.

— Pourquoi ?

— Il n'y a aucune trace de violence.

On avait aussi l'impression que la cave n'avait pas été habitée.

— Membo, es-tu certain qu'elles sont descendues ?

— Je les ai accompagnées et c'est ici que je les ai quittées.

— Je ne comprends plus rien. Elles sont parties, je ne vois pas d'autre explication... Mais pourquoi ?

Membo ouvrit le garde-manger.

— Elles ont emporté la nourriture.

— Comment le sais-tu ?

— Je leur avais laissé des vivres pour une semaine. Regarde, plus rien... Il ne reste que des terrines vides. Elles ont pris l'eau et il manque quelques petits pots.

— Mais où sont-elles allées ?

— Drusus... il doit y avoir une autre sortie.

— Une sortie ?

— Ou une autre entrée, si tu préfères. C'est ce que j'ai toujours pensé. Pourquoi construire un souterrain secret pourvu d'une seule issue qui serait de surcroît le puits ? Suppose que tu te caches ici et que tes ennemis te guettent là-haut ; tu ne pourrais plus sortir.

— En effet...

— C'est donc absurde. Il y a forcément un autre accès.

Nous nous mîmes à le chercher, en tâtant les murs, scrutant les coins, tirant sur chaque anneau, chaque pointe ou saillie suspecte. Rien ne cédait. La supposée issue n'était nulle part.

— Conviens-en, Membo, l'accès se fait par le puits, voilà tout. Si elles sont parties, c'est par là.

— Mais il est impossible de monter sans échelle.

— Eunice et Porcia se sont débrouillées autrement.

— Sans échelle ? Je ne peux pas croire ça ; non, mon cher, c'est impossible.

Lorsque nous sortîmes du puits, la lune se trouvait très haut dans le ciel. Je voulus m'attarder dans la maison mais Membo refusa.

— Il faut partir, jeune maître. Je dois accrocher la clé à l'endroit indiqué par Sextina avant que les domestiques se lèvent.

Je n'avais pas envie de partir. Je voulais rester à la maison, respirer l'odeur des miens, me souvenir… Mais Membo se montra inflexible. Il nous fallait regagner la maison de Flavius avant que quelqu'un ne remarquât notre absence.

Le chemin du retour me parut interminable.

Nous apercevions enfin la maison des Arrius quand j'entendis des pas. Poussés par un confus sentiment de danger, Membo et moi nous cachâmes derrière un arbuste. Un homme marchait d'un pas précipité dans la direction opposée à la nôtre.

Tout se passa très vite.

Surgissant du couvert, une ombre encapuchonnée se précipita sur l'inconnu. La dague se matérialisa dans l'air, l'homme poussa un gémissement puis se courba comme une tige d'osier et s'écroula. La silhouette drapée dans la cape tira le poignard d'un mouvement brusque quand, soudain, sa capuche glissa, découvrant son visage. La lune illumina en même temps le fil de la lame et le visage du sicaire*.

Membo s'agita et une feuille craqua sous ses pieds. L'assassin tourna vivement la tête. Son regard croisa le mien. Nous courûmes vers la maison comme des dératés.

Membo accrocha la clé. Il était temps.

Je gagnai ma chambre, me déchaussai et, sans me déshabiller, me faufilai sous les couvertures. Mon cœur battait comme celui d'un cheval emballé; je le sentais dans ma gorge, mes poignets, ma poitrine… Je cherchais le sommeil mais le visage du meurtrier me poursuivait. Je tirai les couvertures sur ma tête, mais il me suivit là aussi.

— Par Mars! jurai-je. Je dois dormir! Je ne peux supporter une autre nuit d'insomnie.

Pourtant, le maudit assassin ne cessait de me hanter. Il me laissa enfin m'assoupir mais à ce moment-là les bruits quotidiens de la maison qui s'animait commencèrent à résonner.

* Sicaire : tueur à gages. (*N.d.T.*)

5. *ANTE DIEM XV KALENDAS APRILES* 18 mars

Vers la quatrième heure, on déposa une dépêche pour Flavius Valère.

— On a laissé cela pour le maître, me chuchota Sextina, qui était également la plus grande cancanière de la république.

— J'ai vu.

— Je suis certaine que tu ne sais pas ce qui est arrivé aujourd'hui.

— Que s'est-il passé ?

— Le sénateur Metellus Sertorius a été assassiné.

Mon cœur bondit.

— Quand ?

— À l'aube, tout près d'ici… À peine trois maisons plus bas.

Mon cœur bondit de nouveau.

Sextina, enchantée, se répandit dans un luxe de détails. Metellus Sertorius, un ami de Flavius, avait une haute charge au sénat. Personne ne savait qu'il se trouvait dans la rue à cette heure de la nuit. Quand on avait découvert son cadavre, à la première heure, son corps était encore chaud.

— On aura voulu le voler, supposai-je pour dire quelque chose.

— Mais non ! rétorqua la vieille femme, bien informée. Il avait encore sa bourse pleine d'argent.

Penchée vers moi, elle me chuchota à l'oreille :

— C'est quelque chose de politique. Et tu sais quoi ? me confia-t-elle en regardant de tous les côtés. Tout cela ne nous promet que des ennuis.

— Tu dis des sottises, Sextina !

— Des sottises… des sottises, oui, oui ! J'ai déjà vu ces choses en d'autres temps. Des sottises, oui, oui…

La vieille gouvernante regarda l'enveloppe avec crainte puis la posa sur la table.

Impatient, j'attendais Flavius qui tardait plus que d'habitude. Il revint après la tombée de la nuit. Je me trouvais dans l'atrium, un livre de poésie dans les mains. Je n'avais pas lu une ligne.

— Salut, Drusus.

— On a porté un message pour toi, annonçai-je précipitamment.

— Où est-il ?

— Sur la table du bureau. Attends, je vais le chercher.

Mais Sextina arrivait déjà.

— Que fais-tu debout, vieille femme ?

— Je t'attendais.

— Ce n'est pas une heure pour toi. Une femme de ton âge doit être couchée à cette heure.

Ne faisant aucun cas de ce qu'il disait, elle tendit le message.

— Qui l'a apporté ?

— Ces…

La mimique de Sextina montrait un mépris insolent.

— Tu sais… eux, reprit-elle.

Flavius oublia l'impertinence de sa servante et ouvrit le billet avec une évidente nervosité. Il lut le message attentivement puis approcha le pli d'une flamme. Il brûla lentement en répandant des flammèches dans le patio.

— Demain, je prévois une réunion dans cette maison, déclara le sénateur. Demande qu'on prépare un bon repas.

— Ne fais pas ça, supplia Sextina. S'il te plaît, maître, ne fais pas ça.

— Demain, tu t'occuperas de tout, répéta Flavius, patient. Maintenant, va te coucher.

— Tu ne m'écoutes pas, se plaignit la vieille femme. Tu ne veux pas m'écouter… mais moi je sais que cela nous promet des ennuis. Des ennuis et encore des ennuis.

— Viens, Drusus, m'ordonna Flavius Valère oubliant la gouvernante.

Je le suivis dans le bureau.

— On a assassiné le sénateur Metellus Sertorius.

— Je ne le connais pas.

— Ton oncle Marius le connaissait.

— Je comprends. Crois-tu qu'on cherchait à le voler ?

— Non, c'est pour une autre chose. Assieds-toi, Drusus, et écoute-moi attentivement. As-tu vu le pli que je viens de brûler ?

— Oui.

— Il émanait d'une personne qui m'adressait un conseil. À présent, je dois prévenir les autres : le danger se rapproche.

— Est-ce pour cette raison que tu organises un banquet ?

— Oui. Nous déciderons de la marche à suivre et nous agirons avec la plus grande prudence. Maintenant, je vais te poser quelques questions. Je te prie de me répondre avec sincérité car de nombreuses vies sont en jeu.

— Y compris la mienne.

— Oui, la tienne également. Si la situation ne s'arrange pas, nous pourrions mal finir.

— Je comprends.

— Ton oncle Marius ne t'a jamais parlé de la conjuration contre César ?

— Jamais jusqu'au jour de sa mort.

— Il n'y a jamais eu de réunion chez toi ?

— Non, pas que je me souvienne. Enfin les choses habituelles : des personnes connues, des banquets... mais rien qui ait attiré mon attention.

Le sénateur arpentait la pièce.

— Il est clair maintenant qu'il voulait t'éloigner de tout cela.

— Certainement.

Son regard manifestait de la tendresse.

— Quel dommage qu'il n'en ait pas été ainsi, Drusus !

Flavius fit une pause puis reprit :

— Bien, maintenant écoute-moi.. Beaucoup sont impliqués dans cette conjuration.

— Une soixantaine de personnes d'après ce que j'ai entendu dire.

— Comme tu as pu le constater dans ta propre chair, les personnes les plus directement compromises ont disparu : les uns ont mis fin à leurs jours, les autres ont fui, certains se cachent sous les pierres. Le danger à présent écarté, les intrigues se multiplient, les traîtres se réveillent.

— Pourquoi donc ?

— Ah, Drusus ! L'homme est un être faible qu'aveuglent l'ambition et la cupidité. Celui qui n'a pas su prospérer grâce à ses mérites essaie de le faire au milieu des ruines.

— Que veux-tu dire ?

— Que l'ami vend l'ami, jusqu'au fils qui finit par vendre son père. Nous vivons une époque de décadence ; il ne reste plus trace des antiques vertus. Drusus…

Flavius poussa un profond soupir.

— Drusus, l'honneur est mort à Rome.

Il s'arrêta devant moi.

— Aujourd'hui, un des nôtres a été assassiné. Il est tombé parce que le meurtrier pensait trouver quelque chose sur sa victime.

— Que cherchent-ils ?

— Un document… Un document extrêmement précieux… Il accorde un pouvoir immense à celui qui le détient… Mais il recèle aussi un énorme danger.

Un frisson me parcourut mais mon visage demeura impassible.

— Un danger ?

— Oui, si le document tombe entre des mains indignes.

— Mais de quoi parle-t-il ? demandai-je en gardant un ton indifférent. Qu'est-ce qui le rend si précieux ?

— Cela, je ne peux te le dire.

— Mais pourquoi alors me racontes-tu tout ça, Flavius ?

— Parce que Marius Dimitius était un homme d'honneur.

Lorsqu'il riva ses yeux aux miens, je parvins difficilement à soutenir son regard.

« Il le sait. Il sait que Marius m'a confié le document », pensai-je.

— Je voulais simplement que tu le saches, Drusus.

J'attendis qu'il continue mais Flavius n'ajouta pas un mot.

De nouveau, je me couchai, déconcerté. À plusieurs reprises, je voulus me lever et courir jusqu'à la chambre de Flavius Valère Arrius pour lui dire que je détenais le manuscrit mais, à chaque fois, je demeurai cloué à mon lit.

Je me remémorai les paroles d'oncle Marius. « Garde-le… Ne dis à personne que tu l'as en ta possession… Beaucoup le convoitent… Cela peut te sauver la vie… Tu devras en décider le moment venu… Tu devras te décider… »

Je nageai dans un océan d'incertitude. Devais-je tout révéler à Flavius ? Pourquoi était-ce Marius Dimitius qui détenait ce document et non Flavius Valère ? Sertorius avait-il été assassiné à cause de ce document ?

Par Jupiter ! Et que devais-je faire, moi ? M'endormir, voilà ce que je devais faire. M'endormir pour être attentif et vigilant, demain.

« Oh ! Porcia, Porcia… Si au moins j'étais sûr que tu es encore en vie… »

De nouveau, cette angoissante incertitude. Pourtant, mon épuisement était tel, les émotions des trois derniers jours si fortes, que le sommeil me gagna doucement. Et quand les bruits de la maison commencèrent à retentir, je ne les entendis pas car j'avais sombré dans un sommeil profond.

6. VALERIA

Contemplant le grand champ qui s'étalait sous le bleu intense du ciel, Valeria se couvrit du châle safrané que la vieille Sextina avait tissé pour elle. Le vent de mars était froid en Ombrie, et malgré les jeunes pousses sur les arbres, le printemps semblait tarder.

« Les pommiers seront bientôt en fleur, pensa la jeune fille. Alors je pourrai peut-être regagner Rome… »

C'était une grande jeune fille aux cheveux roux et au regard pénétrant, au corps svelte et gracile comme un jonc.

Âgée de seize ans, elle se marierait bientôt ; son grand-père, le sénateur Flavius Valère, l'avait d'ores et déjà promise au très illustre patricien Quintus Sempronius Cinna qui, à vingt-neuf ans, aspirait à devenir questeur. Les fiançailles se dérouleraient aux ides d'avril. Alors, le fiancé remettrait à sa promise l'anneau et les pièces d'argent constituant la donation du mari à la femme. Puis, lors du banquet, la promise recevrait les cadeaux des parents et amis. Une fois l'été passé, on célébrerait la noce, la jeune fille cesserait d'être sous la tutelle du grand-père pour se soumettre à celle de son époux qui exercerait sur elle toute l'autorité, tout le pouvoir attribués par la loi. Le couple s'unirait selon la solennelle *confarreatio** : le prêtre le plus important de Rome, le *flamen dialis*, offrirait au dieu Jupiter un pain de blé, puis le grand-père de la fiancée prononcerait les paroles rituelles : « Je donne ma fille à ton fils… Que les noces se fassent. »

Valeria ne voulait pas de Cinna, pourtant ce mariage décidé par les deux familles semblait désormais inévitable.

— À dix-huit ans, aimaient à répéter ses tantes, une jeune fille se doit d'avoir un époux. Tu vas être vieille. Pour une fille, il n'est pas honorable d'atteindre les dix-sept ans sans être mariée.

Valeria soupira et évoqua la figure de Sempronius Cinna, un bel homme pas trop âgé. Ses amies lui disaient qu'elle avait de la chance ; la pauvre Citella avait épousé un tribun de soixante ans, père de trois

* *Confarreatio* (de *farreus*, « blé ») : forme patricienne du mariage, remontant à une époque très ancienne. Les futurs époux mangeaient ensemble un *farreum libum*, gâteau sacrificiel fait de la farine d'une sorte particulière de blé, en présence du *flamen dialis*, le prêtre de Jupiter. (*N.d.T.*)

fils plus âgés qu'elle, et Calpurnia venait d'être promise à un sénateur de quarante-cinq ans. Les amies de Valeria lui assuraient que Cinna était très beau.

— Un joli garçon, avait plaisanté Citella. Je te l'échange volontiers contre mon vieillard.

— Ta nuit de noces sera un événement, avait dit la coquine Calpurnia. Tu nous raconteras tout cela en détail.

— Pourquoi ? avait protesté Citella. Pour nous faire mourir de jalousie ?

Et les trois jeunes filles avaient éclaté de rire. Citella et Calpurnia se fichaient un peu de l'âge de leur mari ; le mariage n'était en fait qu'une simple alliance, l'aspiration des jeunes filles se résumant à avoir un mari illustre et une position privilégiée.

Mais Valeria ne voulait pas devenir une matrone sans autre distraction que le métier à tisser. Valeria rêvait d'amour.

À nouveau, elle songea à Cinna. Sans doute était-il bel homme, mais quelque chose dans son visage – elle n'aurait su dire quoi – la rebutait. Quand elle imaginait ses caresses, ses entrailles se retournaient.

— Je ne l'aimerai jamais, dit-elle à voix basse. Je dois trouver n'importe quel prétexte pour rompre cette promesse de mariage. Comment pourrais-je persuader grand-père ? Je dois regagner Rome.

La matrone Servilia, sœur du sénateur Flavius Valère, travaillait à la quenouille quand sa petite-nièce entra dans la pièce.

— Bonsoir, tante Servilia.

— Salut, Valeria. Viens, assieds-toi près de moi et aide-moi à la quenouille.

La jeune fille saisit le fuseau et enroula le fil. Servilia l'observait.

— Que se passe-t-il, Valeria ?

— J'ai un problème, tante Servilia.

— Qui s'appelle Quintus Sempronius.

— Tu es devineresse ?

— Dans ton cas, ce n'est pas difficile. À ton âge, j'avais le même problème.

— Comment l'as-tu résolu ?

Servilia embobina le fil.

— Je ne l'ai pas résolu.

— Tu veux dire que ton problème s'appelait Caius Ennius ?

— Exactement.

Elles éclatèrent de rire.

— Oh ! se réjouit Valeria. Le pauvre oncle Caius ! Mais tu t'es malgré tout mariée avec lui.

— Comme tu épouseras Cinna, jeune fille.

— Je ne l'aime pas, tante Servilia.

— Ah, l'amour ! Voyons, ma petite, qui t'a mis ces sottises en tête ? L'amour et autres gentillesses… Tu as lu trop de poésie grecque, petite fille.

— Non, ce n'est pas ça, tante ; il ne me plaît pas.

— Il est jeune – en cela tu as beaucoup de chance –, beau et aristocrate. Je ne te comprends pas, ma nièce.

— Tu verras… il y a quelque chose dans ses yeux.

Je ne sais pas, j'ai un mauvais pressentiment, tante Servilia.

— Écoute, Valeria, si tu n'épouses pas Cinna, tu auras des ennuis car Cinna est puissant.

— Peu importent les problèmes. Dis-moi s'il existe une quelconque alternative.

Elles terminèrent de filer. La matrone recueillit la pelote et rangea le lin dans la lingère. Puis elle serra les mains de sa petite-nièce.

— Non, il n'y en a pas. En tout cas, je n'en vois pas.

La jeune fille embrassa sa tante puis la quitta. Arrivée à la porte, elle demanda :

— Dis-moi, tante Servilia.

— Oui ?

— As-tu été heureuse avec oncle Caius ?

— Non, ma chérie, je ne l'ai pas été… Mais quelle importance cela a-t-il ?

Valeria considéra sa tante comme si elle la voyait pour la première fois de sa vie puis ferma doucement la porte.

7. *ANTE DIEM XIV KALENDAS APRILES*
19 mars

Les invités commencèrent à se présenter vers quatre heures. Les domestiques récupéraient leurs toges, les déchaussaient puis leur offraient des chaussons d'intérieur.

Ils se rassemblèrent d'abord dans la bibliothèque où ils ne discutèrent que très peu de temps, comme s'ils en avaient fini avec tous les sujets. Puis ils passèrent à la salle à manger.

Le repas fut servi dans la grande salle des banquets qui s'ouvrait au fond du second atrium. Les convives s'installèrent sur les triclinium puis les esclaves apportèrent de grands plateaux d'argent chargés de nourriture. Comme il s'agissait d'un banquet offert en l'honneur de personnages illustres, en cuisine on s'affairait à élaborer de jolis plats.

Plus d'une douzaine de plats – des foies de cane sautés jusqu'au cerf farci en passant par des boulettes de poisson. J'en savourai certains, en dédaignai d'autres que je pus à peine avaler. Chez moi, il m'arrivait exactement la même chose. Eunice disait que j'étais un piètre mangeur.

Couché sur un triclinium proche de la porte, loin de l'amphitryon, j'essayais de passer inaperçu – ce qui correspondait à mon rang, à mon jeune âge.

Le repas dura plus de trois heures. Finalement on servit les desserts : des gâteaux fourrés de fruits, des crèmes variées et du fromage de Syracuse. Comme ces mets me plaisaient, je leur fis un sort. Le vin coulait généreusement mais tous s'efforçaient de garder une conversation fluide malgré l'ambiance manifestement tendue.

Lorsque les esclaves commencèrent à desservir, Flavius se leva. Tous les invités lui prêtèrent une oreille attentive.

— Aujourd'hui, je ne ferai pas de discours, mes amis. Avant de nous séparer, nous allons respecter une minute de silence en mémoire de Metellus Sertorius et de Marius Dimitius ; ils ont tous deux traversé le fleuve de l'oubli dans la barque de Charon. Que Romulus les reçoive en son sein comme d'augustes compagnons de destin !

La salle était plongée dans le silence. Les statues de Daphné et d'Apollon ornant l'entrée semblaient aussi garder le silence dû aux défunts. L'air, épais, aurait pu être coupé au couteau. Un papillon de nuit vint s'écraser contre une torche ; une de ses ailes s'enflamma. Je levai la tête.

C'est alors que je le vis.

Il se trouvait sur le deuxième triclinium, fixant un point de la pièce. L'espace d'un instant, je crus rêver. Mais non, il était bel et bien là, assis parmi nous, partageant cette minute de silence, outrageant les morts, les vivants.

Oui, c'était lui. Cette silhouette surgissant de la nuit, l'ombre assassine. J'eus envie de crier, le montrer du doigt, l'accuser ici même. Mais je demeurai muet. Flavius Valère avait raison, l'honneur était mort à Rome.

Par la suite, de petits cercles se formèrent. Les uns et les autres commentaient les événements, l'information changeait de main, la nervosité par moments augmentait.

Les invités du sénateur quittèrent la maison par petits groupes et bien plus rapidement qu'ils n'étaient arrivés. Certains partaient comme s'ils allaient entreprendre un grand voyage, d'autres se juraient loyauté. Pourtant, ils se considéraient avec méfiance et tous les visages exprimaient la peur.

Je me dirigeai vers la bibliothèque. Là, je retrouvai Flavius en compagnie des derniers invités. L'un d'eux était le meurtrier. Je reculai mais le sénateur m'avait vu.

— Ne pars pas, Drusus. Viens, je vais te présenter. Drusus Dimitius, le neveu de Marius... Quintus Sempronius Cinna, un de nos plus brillants jeunes hommes et ami fidèle.

Cinna me tendit une main tandis que ses yeux m'inspectaient. Il m'étudia attentivement; son sourire perfide ne parvenait pas à masquer un inquiétant rictus.

— Ne nous sommes-nous pas déjà rencontrés?

— C'est possible, répondis-je avec aplomb. Je me suis parfois rendu aux comices... Ah, non! je me souviens. Je crois t'avoir salué un jour, aux thermes. Tu étais avec mon oncle, le sénateur Marius Dimitius.

J'inclinai la tête avec grâce puis saluai l'autre invité. Cinna me suivit du regard.

« Cinna s'est demandé où il m'a vu et pourquoi il connaît mon visage. Cela signifie qu'il ne m'a pas reconnu. Mais la mémoire peut lui revenir à n'importe quel moment. »

Dès que cela me fut possible, je m'éclipsai et cherchai Membo. Je le trouvai, bien évidemment, dans la cuisine en train de jacasser avec Trasea, une jeune esclave syrienne.

— Membo, viens!

— Allons, bon! rouspéta l'Égyptien.

— Je dois te parler.

— Tu ne peux pas remettre ça à plus tard protesta-t-il en regardant la Syrienne, les yeux pleins de regret. Pourquoi ne rejoins-tu pas les invités?

— C'est de cela qu'il s'agit.

— Des invités ?

— Oui. Tu te souviens du sicaire ?

— Pourquoi me rappeler maintenant une chose si désagréable ? ronchonna-t-il.

— Il est ici.

— Qui ?

— Le meurtrier.

— Ce n'est pas possible !

— C'est pourtant vrai. C'est un des invités.

Membo me regarda avec stupéfaction.

— En es-tu certain ? Tu ne t'es pas trompé ?

— Non, c'est lui. Te souviens-tu de ses yeux ?

— Froids comme des couteaux. Bleus comme ceux d'un poisson.

— Et en plus, ce n'est pas un sicaire.

— Ah, non ?

— Non, c'est un patricien, et très illustre de surcroît. Il se nomme Quintus Sempronius Cinna.

— Jupiter, Janus, Bacchus ! Comment une chose pareille peut-elle arriver ? T'a-t-il reconnu ?

— Je ne crois pas. Mon visage lui dit quelque chose, mais il ne se souvient pas… pour le moment.

— Qu'allons-nous faire ?

— Je ne sais pas. Viens plus tard dans ma chambre. Il faut bien réfléchir et agir avec la plus grande prudence.

Je regagnai la bibliothèque et me mêlai à la poignée d'invités encore présents. Tous parlaient de l'assassinat de Sertorius, de la fuite de Marcus Brutus, le fils adoptif de César qui avait poignardé son père, des funérailles du tyran qui auraient lieu le lendemain.

Je vis Valère prendre à part Cinna et le vieux sénateur Appius Émilien. Je les suivis discrètement et me cachai derrière un rideau de velours très épais amortissant les sons. J'étais tout près d'eux.

— Cinna, en es-tu sûr ?

— Oui, sénateur, je l'ai vérifié. Mes sources sont fiables.

— Je ne peux pas le croire. Licianus a toujours été un homme de principe.

— C'est lui qui l'a tué. Et si nous n'en finissons pas avec lui, il tuera à nouveau, il nous tuera tous.

Avec un incroyable culot, Cinna accusait un autre de son propre crime.

— Mais pourquoi ? Pourquoi ? se lamenta Appius.

— Pour le document, répondit Cinna.

Je sursautai.

— Metellus ne l'avait pas, expliqua Valère.

— Tu en es sûr ? demanda le meurtrier.

Son ton maintenant manifestait de l'inquiétude.

— J'en suis certain. Le document est en lieu sûr.

Je m'étranglai derrière le rideau.

À cet instant, la vieille Sextina passa près de moi.

— C'est mal élevé d'écouter ainsi les autres, me rabroua-t-elle.

— Tais-toi ! soufflai-je en l'attirant par le bras. C'est une conversation étrange.

— Je l'avais prédit. J'ai dit que cela nous promettait des ennuis. Cela fait longtemps que je les vois venir. Que la foudre leur tombe sur la tête à tous !

Elle faisait, bien sûr, allusion aux invités. Je souris. Sacrée vieille femme ! Valère jouait avec le feu, Sextina le savait.

— Je n'accorderais ma confiance à personne, fit-elle.

— Tu ferais bien.

— Tu es malin, maître Drusus. Veille sur le vieux Valère ; il est la bonté même et il ne se rend pas compte qu'il a affaire à des loups.

— Je veillerai sur lui, Sextina. Je l'éloignerai de cette meute, je te le jure.

C'était bien mon intention. Mais le destin ne voulut pas se ranger à mes côtés.

Lorsque torches et lampes furent éteintes, que la maison eut retrouvé son calme, Membo entra dans le cubiculum.

— Ils dorment tous.

— J'ai pris une décision, Membo. Je vais parler au sénateur Valère. Je lui raconterai ce que nous avons vu.

Je rapportai à Membo la conversation que j'avais surprise. Il partagea mon avis. Comme Sextina, Membo pensait que Flavius Valère était en danger.

— Je lui parlerai demain. Je me lèverai tôt et lui révélerai tout.

Je me déshabillai plus tranquillement ce soir-là.

À présent, je savais ce qu'il fallait faire. Je raconterais tout au sénateur, je lui dirais que je détenais le document.

Le document!

Je me levai d'un bond et contrôlai le matelas. Je palpai les bords rugueux et poussai un profond soupir de soulagement. Lorsque je m'étendis sur le lit, ma conscience était libérée d'un grand poids. Je sentais le contact tiède des draps.

— Demain, je lui dirai. Demain.

Ce jour n'arriva jamais.

8. *ANTE DIEM XIII KALENDAS APRILES* Nuit du 19 au 20 mars

Ils s'introduisirent dans la maison au cœur de la nuit, telle la vermine.

On entendit d'abord des coups puis des cris, des courses folles, des gémissements… et des grincements de dents dans les patios. Les statues pulvérisées, le fracas du marbre contre le sol… puis le bronze, l'acier.

Au début, je croyais rêver alors que flottait dans mon esprit le visage de l'assassin. Mais le cri de douleur de Sextina me réveilla en sursaut. Je bondis du lit. J'allais sortir de la pièce quand Membo ouvrit la porte.

— Reste où tu es, fit-il en fermant la porte.

L'Égyptien obstruait l'issue de son corps, m'empêchant de sortir.

— Membo, que se passe-t-il ? Qu'est-il arrivé ?

— Des malfaiteurs.

— Laisse-moi passer. Je dois trouver le sénateur !

De ses mains musclées et fortes, il m'empoigna et me serra comme dans un étau.

— Tu ne sortiras pas d'ici, jeune Drusus. Je ne veux pas qu'ils te tuent !

Les courses, le fracas des bronzes puis les cris cessèrent. La nuit se peupla alors de cavalcades de chevaux... Enfin le silence. Membo ouvrit la porte et me laissa le passage.

La confusion régnait dans la maison. Des esclaves gisaient morts par terre ; d'autres étaient grièvement blessés. Hébété, je me dirigeai vers le cubiculum de Flavius.

Il respirait encore mais avait à la tête une vilaine entaille. Sextina le soutenait, le berçant dans ses bras comme un enfant.

— Je l'avais prévenu, gémissait la vieille femme. Je lui avais dit, mais on ne m'écoute jamais.

— Drusus..., fit le moribond dans un sanglot. Il pensait que j'avais le document... mais je ne l'ai pas.

— Ne t'inquiète pas, sénateur, murmurai-je. C'est moi qui l'ai.

— C'est bien ce que je pensais...

Sa respiration se fit haletante.

— Conserve-le, mon enfant... Ne le leur donne pas pour tout l'or du monde et... et maintenant, fuis. Fuis avant qu'ils ne reviennent... Cinna comprendra très vite que tu es le seul à pouvoir détenir l'écrit que conservait Marius... Il te cherchera jusque sous les pierres.

— Sénateur, Sempronius Cinna est l'assassin de Metellus ; je l'ai vu commettre son crime.

Flavius acquiesça.

— Il ne cessait de poser des questions à ton sujet... Il te cherche.

Soudain, sa voix se brisa en une terrible plainte.

— Valeria ! gémit-il. Oh, Valeria ! Ma pauvre petite-fille ! Drusus...

Il tenta de se relever, en vain.

— Drusus, tu es noble. Jure-moi de sauver Valeria de la disgrâce où je l'ai précipitée. Jure-le-moi, mon enfant.

— Je te le jure, promis-je sans comprendre ce qu'il attendait de moi.

Le vieillard esquissa un sourire mais son visage déjà avait revêtu le masque de la mort.

— Merci, Drusus. À présent, je peux mourir en paix. Soyez heureux.

Il tenta de me caresser la joue mais, trop faible, il expira avant que ses doigts n'atteignent mon visage.

J'ignore combien de temps je restai là, près de son cadavre. Je me souviens seulement que Membo me secoua doucement le bras.

— Drusus, nous devons partir.

Je ne bougeai pas.

Membo me chargea alors sur ses épaules. Il me lava le visage à la fontaine de l'atrium puis me ramena dans ma chambre. Tel un automate, je récupérai le document que je gardai serré contre ma poitrine.

Ramassant ma cape de laine, Membo m'en revêtit et rabattit la capuche jusque sur mes yeux.

Nous nous enfonçâmes à nouveau dans la nuit mais cette fois nous nous éloignâmes du Quirinal. Nous empruntâmes la Montée du Salut puis gagnâmes l'enceinte de Servius Tullius. À l'abri des grands soubassements de pierre, nous descendîmes vers le Capitole.

À la première heure du jour, Membo et moi nous mêlâmes au flux de gens qui se dirigeaient vers le forum.

Nous étions le 20 mars. Cinq jours après sa mort, Jules César allait être incinéré.

Et cinq jours après les ides, je n'avais toujours aucune nouvelle de Porcia.

9. PORCIA

Porcia s'assit sur le banc de bois alors qu'Eunice préparait à manger.

— Il va faire jour, annonça la nourrice.

— Comment peux-tu le savoir dans cette obscurité ?

— Je le sais parce que les bruits de la nuit se sont tus… Écoute le silence.

Porcia tendit l'oreille. Elle écouta le silence, un silence terrible. Elles avaient passé des heures enfermées là, en bas. Leur corps était tout engourdi.

Bientôt le silence cessa d'être menaçant quand un murmure lui parvint.

— Qu'est-ce que c'est ?

— Le jour s'est levé.

— Je croyais que le lever du jour était une question de lumière.

— La nuit a ses sons propres ; le jour aussi. Ce n'est qu'à l'aurore que règne le silence.

— Qui t'a enseigné ces choses, Eunice ?

— Ma mère, la mère de ma mère. J'écoute le silence de l'aurore depuis ma plus tendre enfance.

— C'est un silence terrible.

— Oui, lorsqu'on est dans les profondeurs de la terre. À l'air libre, ce silence est magnifique.

— Eunice, chuchota Porcia, il y a un an, peu de temps avant de mourir, mon père m'a emmenée à Cumes consulter la Sibylle*.

— Je m'en souviens. Tu étais très intéressée par ton avenir.

— La sibylle a prédit que mon destin était lié à l'eau et au feu. Et que je retrouverais mon destin dans une tombe.

La nourrice regarda l'adolescente avec surprise.

— Eunice... nous sommes à présent dans une tombe... Je dois me souvenir de la prophétie. Mais elle était si longue... et je suis si fatiguée...

— Repose-toi, mon enfant. Eunice est là qui veille sur ton sommeil.

Quand Porcia ferma les yeux, le sommeil la ramena à ce jour-là.

C'était l'été en Campanie. Nous allions à Cumes rendre visite à la Sybille. Nous montions le mont Gaurirus pour prier au temple d'Apollon. Mon père fit sacrifier deux brebis blanches en l'honneur d'Artémis afin que les augures me soient favorables.

* Sibylle : devineresse prédisant l'avenir; celle de Cumes était la plus célèbre. (*N.d.T.*)

Il m'accompagna jusqu'à l'entrée de la caverne où vivait l'oracle puis m'attendit, assis sur la grande pierre rituelle, sous le figuier. On devait entrer seul si l'on venait chercher la prophétie.

Très nerveuse, j'avais peur en pénétrant dans la grotte, un endroit plongé dans les ténèbres, un trou percé à même la roche et dissimulé par une végétation luxuriante et si épaisse qu'elle interdisait à la lumière d'entrer.

La voix de la sibylle me guida dans l'obscurité. Je distinguai à peine l'éclat de ses yeux de chouette.

— Comment t'appelles-tu ?

— Porcia.

— Quel âge as-tu ?

— J'ai fêté mes douze ans.

— Approche-toi, Porcia. Agenouille-toi à la droite de mon trône et montre-moi les paumes de tes mains.

J'obéis. Je l'aperçus dans l'ombre, assise sur son trône.

— Que veux-tu savoir, Porcia ?

— Je veux connaître mon destin. Montre-moi, ô sibylle, le chemin de ma liberté. Je ne veux pas dépendre des autres.

La sibylle prit mes paumes. Je sentis alors le froid perçant de la vie. La douleur fut si grande qu'elle me déchira le cœur.

— Tu es courageuse, jeune Porcia. Tu pourras trouver le chemin. Mais je t'avertis, tu devras être ton propre guide vers la lumière, et tu seras seule.

— Peu importe, ô sibylle.

— Écoute alors, Porcia. Voilà ta prophétie.

Elle récita de longs vers que je ne compris pas.

Quand elle se tut, un silence long de plusieurs minutes envahit l'antre. C'est alors que la devineresse fut prise de convulsions, et elle cria en agitant la tête.

— Maintenant, grave la prophétie dans ton esprit jusqu'à ce que le jour vienne. Mais je dois te dire une chose : méfie-toi du vautour noir et de l'épée. Méfie-toi des ides de mars, jeune Porcia. Les ides.

Après une pause, elle ajouta :

— Lève-toi et repars avec ton père.

Sur ces mots, elle mit un terme à la consultation.

Je la saluai en inclinant la tête puis sortis en marchant à reculons, comme on me l'avait indiqué.

Porcia se réveilla en sursaut et porta une main à sa bouche pour étouffer un cri. Souvent elle s'était remémoré la prophétie pour essayer d'y comprendre quelque chose… Puis, le temps passant, elle avait oublié peu à peu les paroles de la sibylle. À présent, dans cette terrifiante solitude, tout lui revenait clairement à l'esprit.

Les vers surgirent un à un. La jeune fille se mit debout et, d'une voix limpide, récita :

Quand la tombe tournera, s'ouvrira,
Elle cherchera l'eau,
L'eau qui n'éteint pas le feu,

Celle qui purifie.
Sur l'eau, elle cheminera parmi les ombres
Et arrivera à la terre qui germe,
Et qui la servira.

La nourrice, pénétrée du respect de la chose sacrée, la contemplait avec dévotion.

Son corps brûlera dans le feu
Qui jamais ne se consume.
Ainsi seulement elle sera libre,
Forte et puissante.
Celle qui détient l'empire
Lui remettra la crosse
Et elle ravivera la flamme,
Éternellement seule,
Le prix du pouvoir.

— Porcia, gémit Eunice, effrayée. Porcia, reviens à toi, ma petite !

Mais, malheur à toi
Si tu ne te méfies pas du funeste vautour
Qui sur toi étendra ses ailes
Le jour des ides !
Méfie-toi des ides de mars,
Des ides !

À la fin du récit, Porcia fut secouée par un spasme.

— Eunice, nous devons partir d'ici ! Je ne supporterai pas un jour de plus dans ces profondeurs. Et encore moins une autre nuit. Je me demande vraiment comment tu peux les distinguer.

— Quoi donc ?

— Le jour et la nuit.

— Tu apprendras.

— N'imagine pas me garder ici pour le vérifier.

— Mais ton frère a dit…

— Mon frère est parti.

— Il reviendra.

— Il ne pourra pas revenir, je le sais, ou il viendra trop tard. Eunice, toi et moi devons nous débrouiller seules ; chacun doit assumer son destin.

— Mais qu'allons-nous faire, mon enfant ? Ils ont retiré l'échelle. Sans elle, nous ne pouvons remonter à la surface.

— Je sais. Ils ont fait ça au cas où les vétérans reviendraient. Mais il doit y avoir une autre sortie. Écoute, à l'époque d'Hannibal, quand la ville était cernée par les Carthaginois, de nombreux souterrains furent creusés. Les espions s'en servaient pour entrer et sortir – je l'ai étudié dans les livres d'histoire. Ce trou doit être un de ces passages, sinon pourquoi l'aurait-on creusé ? Cherchons cette sortie.

Eunice et Porcia fouillèrent de longues heures, tâtant le sol et les murs, en vain. Eunice se fatigua mais Porcia ne faiblit pas.

— Allons, Eunice, elle doit bien être quelque part.

— Je n'en peux plus, souffla la nourrice en s'appuyant contre une effigie de bronze représentant la déesse Cérès.

La statue céda sous son poids.

— Ça bouge !

— Poussons !

La statue tourna sur elle-même ; dans la cape déployée de Cérès s'ouvrait un long passage.

— C'est là ! s'écria Porcia. Rassemble la nourriture, l'eau, l'huile des lampes et les pelotes de corde.

Elles avaient parcouru cinq cents pas environ quand elles entendirent le clapotis de l'eau.

— Une rivière, dit Porcia.

— J'ai peur, gémit la nourrice.

— Moi aussi, mais la peur ne me retiendra pas.

Elles marchaient prudemment, le bruit de l'eau augmentait... Porcia demanda à Eunice une pelote de corde, s'empara du bout puis lui rendit la pelote.

— Attache fermement l'extrémité à une saillie, Eunice, et déroule la pelote avec prudence.

— Que comptes-tu faire ?

— Si nous devions faire demi-tour, nous retrouverions le chemin.

— Mais nous allons en ligne droite...

— Pour l'instant.

Porcia marchait en tête, éclairant l'étroit passage au moyen d'une lampe. Bientôt, elles se retrouvèrent au croisement de quatre galeries.

— Et maintenant?

— Maintenant, tu restes ici pendant que je vais explorer la galerie de gauche. Je regarde et je reviens aussitôt.

— Ne tarde pas, mon enfant.

Porcia fut de retour quelques minutes plus tard.

— Qu'y a-t-il?

— Une pièce carrée, rien de plus. Nous allons explorer une autre galerie.

— Laquelle?

— Celle-là, en face de nous.

— Je viens avec toi.

Une forte odeur de moisissure planait et, très vite, leurs pieds furent en contact avec quelque chose d'humide.

— Du calme, fit Porcia. L'eau est par là.

Avançant la lampe, la jeune fille vit le canal d'eau noire qui coulait perpendiculairement au passage.

— Attends, dit Eunice. La pelote est complètement dévidée.

— Sors-en une autre et attache-la à la première.

La galerie tournait à droite puis à gauche, reprenait en ligne droite, virait à nouveau à droite, à gauche, une nouvelle fois à droite, puis partait tout droit; après avoir parcouru mille pieds environ, Porcia et Eunice butèrent sur la corde, leur guide.

— Par Junon! jura l'esclave. Nous voilà bien avancées! Nous avons tourné en rond pour revenir au même endroit.

— Tu vois, Eunice ? Tu vois qu'il est nécessaire de progresser en déroulant la pelote.

Elles revinrent au carrefour des galeries.

— Prenons le couloir de droite, c'est peut-être le bon.

Elles marchèrent des heures durant. Le couloir devint un tunnel d'une longueur infinie, leur semblait-il. Eunice rattachait une pelote à une autre quand finalement elle s'écria :

— Porcia, c'est la dernière pelote !

À cet instant, un souffle d'air éteignit la lampe. La nourrice ne put réprimer un cri de panique. Un deuxième souffle les frappa en plein visage.

— Le vent ! C'est le vent, Eunice ! Tu comprends ?

— Non, gémit-elle.

— Mais si ! Le vent ne pénètre pas sous terre. C'est le chemin, j'en suis sûre maintenant.

— Mais où conduit-il ?

— Je ne sais pas, mais c'est une sortie. C'est le bon chemin – il vient d'où il vient et va où il va.

Porcia et Eunice marchèrent des heures et des heures dans ce couloir sans fin, les pieds couverts d'ampoules, les jambes affaiblies. En outre, l'humidité de la terre engourdissait leurs muscles.

Il n'y avait plus de vent, mais l'air devenait plus fluide ; elles n'avaient aucune difficulté à respirer. Elles avaient l'impression d'être très près de la surface, mais enfermées dans une immense prison de terre. Elles n'avaient plus d'huile, plus de corde et avaient consommé leurs derniers vivres.

— Eunice, crois-tu que la nuit est proche ?

Eunice n'en savait rien. En longeant ces couloirs, elle ne s'était concentrée que sur les bruits de leurs pas.

— Je suis épuisée, je ne peux plus continuer, gémit la nourrice.

— Moi non plus.

Elles se laissèrent tomber par terre. Exténuées, rompues. Elles se jetèrent dans les bras l'une de l'autre ; la chaleur de leur corps les réconforta un peu.

— Dormons pour reprendre des forces, suggéra Porcia.

— Nous ne sortirons jamais d'ici.

— Si, nous en verrons le bout. Souviens-toi de la prophétie :

Quand la tombe s'ouvrira,
Elle cherchera l'eau...

Puis Porcia ajouta :

— Nous avons ouvert la tombe, nous suivons l'eau.. Tu m'entends, Eunice ?

Eunice dormait.

Pelotonnée contre sa nourrice, la jeune fille trouva le repos dans cette obscurité. Malgré la terreur que lui inspiraient les ténèbres, un épais sommeil l'enveloppa en quelques minutes. Porcia avait atteint les limites de ses forces.

Lorsqu'elle ouvrit les yeux, la lampe scintillait

devant ses pupilles, puis le faisceau lumineux l'aveugla. Porcia dut plisser les paupières. Tendant le bras, elle chercha le corps d'Eunice à tâtons mais ne rencontra que le vide. Elle ouvrit alors de grands yeux et découvrit un visage en lame de couteau au-dessus d'elle. Porcia poussa un gémissement. Le visage s'éloigna et une voix dit :

— Elle revient à elle.

Porcia entendait maintenant plusieurs voix, des bruits de pas, des portes qui s'ouvraient. Elle ferma à nouveau les yeux.

« C'est un rêve, se dit-elle. Je ne veux pas me réveiller. »

Une main se posa sur son front. La voix chaude, douce, une voix qui caressait son visage, une main qui lui sussurait à l'oreille :

— C'est un rêve.

Et la lumière se fit.

— N'aie pas peur.

— Où suis-je ?

— Dans le temple de Vesta, répondit la femme vêtue de blanc.

10. *ANTE DIEM XIII KALENDAS APRILES* 20 mars

Les obsèques de Jules César furent célébrées au forum. Portant une barbe courte, Marc Antoine grimpa agilement jusqu'aux rostres* de cinquante coudées**, la grande tribune des orateurs. Il commença son discours prudemment puis le ton s'éleva. L'allocution, d'abord modérée, devint une harangue enflammée.

Au fur et à mesure qu'Antoine parlait, l'émotion s'empara de la foule. Quand, enfin, le consul lut le testament de César qui léguait ses maisons et terres

* Rostres : tribune aux harangues ornée de colonnes portant les éperons pris aux navires ennemis. (*N.d.T.*)

** Coudée : mesure de longueur équivalant à 44,16 cm. (*N.d.T.*)

à la cité et, surtout, vingt-cinq drachmes à chaque citoyen, plus rien ne put calmer la plèbe échauffée.

Dans l'un des rostres contigus à la tribune principale, je vis Cinna portant les insignes de questeur.

— Regarde qui est là, dis-je à Membo.

— Par Jupiter ! Mais c'est Cinna !

— Ils l'ont nommé questeur de la cité. Lorsqu'on pense qu'il y a à peine quelques heures, il...

— De plus, il est impliqué.

— En effet, mais Marc Antoine ne le sait pas, et ce n'est pas Cinna qui le lui dira. Traître ! grondai-je entre mes dents.

— Partons d'ici, Drusus. Je n'aime pas être près de cet homme.

— Ici, il ne peut m'apercevoir.

— Il vaut quand même mieux partir.

Marc Antoine acheva l'éloge funèbre par un hymne à la mémoire du tyran. Les prêtres enflammèrent enfin le bûcher funéraire, puis le consul cria :

— C'était César ! *Ave*, César !

Lorsque le feu cerna le catafalque de bois où gisait la dépouille, la foule brisa le cordon de sécurité, s'empara des torches et se dispersa en criant vengeance.

— Mort aux assassins de César ! Mort aux criminels !

— Cherchons-les ! Allons débusquer ces charognes de leurs trous !

Déchaînée, la marée humaine s'ébranlait d'un bout à l'autre du forum, prise dans un mouvement de flux et de reflux que personne – pas même Marc Antoine – n'était capable de contenir.

— Partons, m'enjoignit Membo.

Nous quittâmes le forum lorsque les premières bandes en colère se dispersèrent.

La violence frappa Rome. Des bandes armées partirent à l'assaut des maisons des conjurés les plus connus et, découvrant des maisons désertées, ils les brûlèrent.

Deux jours durant, la ville fut la proie du feu.

Mêlés à cet océan de fureur, Membo et moi nous dirigeâmes vers la partie septentrionale de la ville, dans ces quartiers où les maisons aux toits contigus s'alignaient sans ordre ni harmonie. Nous prîmes une déviation puis entrâmes dans la Subure.

La Subure s'étend au nord-est du forum, sur le flanc en pente raide du Quirinal. C'est un véritable labyrinthe de ruelles étroites aux bâtisses de différente hauteur faites de planches disjointes dans lesquelles s'entassent des milliers de personnes, un conglomérat humain où toutes les couleurs se mêlent. On y entre depuis le forum par l'Argiletum, la rue des libraires, qui rejoint la Grande Subure, la principale artère du quartier. Ici, le peuplement est si dense que le passage des litières des riches Romains devient impossible.

Je n'étais jamais passé par les Fauces, un tronçon de rue commençant à l'extrémité de l'Argiletum. Collé à Membo comme une sangsue, j'observais les immondes petites boutiques d'alimentation, et celles où l'on vendait tout et n'importe quoi. Des centaines de personnes vociféraient tandis que moi, fasciné, je contemplais cette mosaïque de peuples, de langues, de civilisations.

Le spectacle le plus frappant était certainement celui des *insulae**; des gens étaient accoudés aux fenêtres, on déversait des ordures du haut des étages.

— Ne reste pas près des façades ! cria Membo. Tu risques d'être arrosé d'un seau d'ordures.

Nous atteignîmes un carrefour avec sa petite place, son autel du culte et sa fontaine. Des femmes remplissaient des cruches, d'autres faisaient la lessive.

— Attends-moi là, m'intima Membo.

— Pas question.

— Allons, Drusus, il ne t'arrivera rien. Avec cette cape, tu ressembles à n'importe qui ici.

— Je pue moins.

— Par Pollux ! Qui va le remarquer ?

— Mais où veux-tu aller ?

— Je vais me plonger dans l'ambiance… et établir quelque lien qui pourrait nous être utile.

* *Insula :* immeuble de rapport à plusieurs étages. Pour un jeune patricien comme Drusus habitué à vivre dans une maison romaine particulière, l'*insula* est une horreur.

— Ici ?

— Drusus, ta maison a été confisquée, Flavius Valère est mort, Rome entière pourchasse les conspirateurs et le questeur Cinna te cherche, et pas précisément pour jouer avec toi ! Connais-tu un meilleur endroit que celui-ci pour passer inaperçu ?

Membo avait raison : jamais le questeur Quintus Sempronius Cinna ne chercherait le patricien Drusus Dimitius, dernier descendant de l'illustre lignée des Manlius, parmi ces gens qui jouaient, buvaient et se battaient au milieu des rigoles d'eau sale charriant les excréments qui s'amoncelaient au fond des ruelles ; jamais il ne le chercherait dans cette insupportable puanteur des teintureries qui traitaient les vêtements à l'aide des urines des employés.

Devinant mes pensées, Membo ajouta :

— Du moins pour le moment.

Il acheta des saucisses chaudes à un gargotier qui vantait sa marchandise à grands cris, puis nous mangeâmes assis à même les escaliers de la place.

— À présent, il nous faut trouver un logement.

— Je dois retrouver Porcia.

— Nous devons d'abord trouver une maison. Au fait, sais-tu faire quelque chose ?

— Comme quoi ?

— Je ne sais pas... réparer des sandales, par exemple. Tu ne peux plus rester oisif. Ici, tout le monde travaille.

— Tu es devenu fou, Membo ? Je suis un patricien…

— Drusus, me coupa-t-il. Nous sommes dans la Subure. Ici, on est gladiateur, voleur, boulanger. Le reste ne sert à rien.

Membo parlait avec les uns et les autres, délia plusieurs fois sa bourse. Finalement, un homme, un Syrien, affirma qu'il connaissait un endroit et nous conduisit jusqu'à une grande insulae – une de ces maisons en briques badigeonnées et aux poutres de bois. Encaissées dans un bloc d'édifices de même hauteur et aux mêmes caractéristiques, elles s'inclinaient en grappe, interdisant le passage de la lumière. La façade étroite était percée de nombreux balcons et fenêtres.

En bas, on trouvait un alignement de boutiques, d'ateliers, et dans les étages supérieurs, des dizaines de logements loués, sous-loués ou sous-sous-loués par des centaines de personnes qui vivaient là entassées.

Membo aurait souhaité une habitation décente mais c'était chose impossible. Ce serait déjà une aubaine si nous trouvions à sous-louer un logement ou des combles. Finalement, Membo dénicha deux chambres donnant directement sur l'une des terrasses du toit.

— Excellent, Drusus ! fit-il. Le logement appartient à une Grecque au crâne rasé qui ressemble à une boule de suif. Elle nous le loue pour moins de deux mille sesterces. Une bonne affaire !

Suivant la propriétaire, nous montâmes patiemment les cinq étages; quatre logements au premier étage, huit au deuxième, douze au troisième… À mesure que nous grimpions, l'odeur rance se fit plus pénétrante, et la faible lumière filtrant par le patio éclairait à peine les étroits couloirs mal conçus.

Je comptais les lézardes fissurant les murs, essayais de mettre mes pieds là où Membo avait posé les siens, pendant que la boule de suif jacassait comme une pie. Nos yeux s'habituaient peu à peu à la pénombre, nos oreilles au fracas des voix, cris et bruits de vaisselle. Un escalier partant du dernier étage conduisait à notre logement – une sorte de cage de bois montée sur la terrasse. Une pièce munie d'un foyer séparée par un rideau et un petit cubiculum où un grabat de deux paillasses tenait à peine.

J'avais l'impression d'un taudis alors que Membo le trouvait parfait.

— Nous le gardons, annonça-t-il à la patronne qui empestait l'ail.

Et il lui remit un mois de loyer d'avance – une exigence de la sorcière.

— Nous passerons un mois ici?

— Je ne sais pas, Drusus. Mais si je ne lui avais pas payé un mois entier de loyer, elle nous l'aurait refusé. Et il faut nous mettre à l'abri du danger le plus rapidement possible. Nous ne devons pas nous promener par ici, Cinna a peut-être lâché ses limiers.

Tandis que je cherchais un lieu où cacher le document – un trou dans le plancher me parut l'endroit idéal –, Membo descendit au marché puis revint chargé de légumes, de viande, de lait, de pain et d'œufs.

— J'ai trouvé un marché, deux pâtés de maisons d'ici.

— Il n'y a pas de bains, osai-je dire.

— Ils sont dans la rue… en bas de l'escalier, tu trouveras une cuve servant de toilettes.

Je me lavai dans une cuvette et l'eau froide me détendit. Membo prépara le repas qui, en vérité, nous sembla succulent. Puis nous nous écroulâmes sur le galetas et, malgré le bruit assourdissant de la rue, un profond sommeil nous envahit.

Je dormis douze heures d'affilée.

11. VALERIA

Le soir du 20 mars, un courrier traversa la voie Flaminienne à bride abattue. Parti de Rome, il allait en Ombrie.

Le soir du 22, il mit pied à terre devant la maison de la famille du sénateur Flavius Valère Arrius, près de Pérouse.

— Maîtresse, un messager est arrivé.

— Un messager ? Vient-il de Rome ?

Valeria dévala les marches du petit escalier et reconnut immédiatement l'un des serviteurs de leur maison de Rome.

— Mucius, es-tu porteur d'un message de grand-père ?

Silencieux, l'homme inclina respectueusement la tête puis lui tendit un rouleau cacheté. Valeria l'examina sans comprendre. Bien que Mucius fût un domestique de la maison, le rouleau ne portait pas les sceaux de la famille Arrius.

— Va à la cuisine et fais-toi servir un repas. Mais avant cela, dis-moi comment se porte grand-père.

Le domestique regarda la jeune fille tristement puis ses yeux se noyèrent de larmes.

Au loin, un corbeau agita ses ailes. Le présage choqua Valeria.

— Qu'est-il arrivé? balbutia-t-elle. Qu'est-il arrivé à grand-père?

Mucius s'agenouilla pour baiser la bordure de la tunique de la jeune fille en signe de douleur. Valeria n'avait pas besoin de lire le message pour comprendre que son cher grand-père l'avait abandonnée.

Très lentement, elle se dirigea vers le verger. Là, protégée par la pénombre d'une pergola, la jeune fille lut la lettre.

Je te salue, Valeria

J'ai la douleur d'être celui qui t'annonce la funeste nouvelle, mais les dieux l'ont décidé ainsi.

Le sénateur Flavius Valère a péri, ce soir, victime de tragiques circonstances non éclaircies à ce jour.

Étant donné ton absence, je me suis permis d'organiser les cérémonies d'enterrement. J'ai sorti les masques funéraires de vos ancêtres et préparé le cortège.

Comme tu le sais, ton grand-père m'a désigné comme son exécuteur testamentaire.

Cette responsabilité qui m'honore avance la date de notre mariage.

J'ai ordonné que tu reviennes à Rome car nous devons préparer notre union prochaine. D'autre part, je ne crois pas que quoi que ce soit te retienne en Ombrie. Mais si tu désires rester encore quelques jours pour apaiser ta douleur, je comprendrai.

Ne t'inquiète de rien. Je gérerai la fortune de la famille et me chargerai de la maison.

Je t'adresse mes plus sincères condoléances. Inutile de te dire combien je partage ta douleur. La République a perdu l'un de ses plus illustres fils, mais nous le garderons sans cesse présent à la mémoire.

Que les dieux te soient propices.

Cinna

La lettre tomba des mains de Valeria pour s'échouer sur la terre humide.

— Tu étais mon père ! gémit la jeune fille. Oh, mon père !

Le soir même, Valeria appela Mucius et lui fit porter un message urgent à Rome.

Elle avait soigneusement réfléchi à la réponse. Valeria ne voulait pas faire de faux pas. Sempronius Cinna, non seulement son fiancé, était également l'exécuteur testamentaire à qui il revenait de gérer son héritage, et, bien entendu, il n'avait pas perdu de temps.

— Il agit en seigneur et maître, se dit-elle avec une rage contenue. Et maintenant, il me tient. Il ne fera peut-être pas un mauvais mari, après tout…

Je te salue, Cinna,

Mucius m'a informée des funestes événements qui se sont produits durant la soirée du dix-neuf, lors desquels mon grand-père Flavius a perdu la vie.

Je te remercie pour ton dévouement, mais je me chargerai de ma maison et m'occuperai de sa gestion. Quant aux autres questions, nous avons le temps.

Je ne désire voir personne pour l'instant ; je veux être seule avec les souvenirs du père aimé, loin des vanités, dans un total recueillement.

Je te prie de respecter ma douleur.

Valeria

P.S. Je pars immédiatement pour Rome.

Trois jours plus tard, les arbres fruitiers fleurirent.

12. *KALENDIS APRILIBUS* (Calendes d'avril) 1er avril

Quinze jours après le décès de César, le sénat rétablit les garanties, adopta un décret amnistiant toutes les personnes ayant participé à la conjuration, écartant ainsi tout bannissement. À Rome, la vie reprit son cours normal, sauf la mienne qui courait plus que jamais un grand danger.

Le questeur Quintus Sempronius Cinna avait mis ma tête à prix, ses sbires me cherchaient dans toute la ville.

Membo me maintenait enfermé, mais ce jour-là…

Le matin resplendissait.

J'allai sur la petite terrasse située sur le toit ; une femme étendait du linge sur la terrasse voisine.

— Bonjour, la saluai-je.

Elle m'adressa un grand sourire.

— Peux-tu me dire où se trouvent les bains ?

La femme, une Grecque à l'accent des colons méditerranéens, m'indiqua le chemin ; je devais me rendre jusqu'à la maison contiguë en passant par le patio, descendre quatre étages et, une fois dans la rue, prendre à gauche, vers la Petite Subure. C'est là que je trouverais les bains.

Après l'avoir remerciée, je m'assurai que le document était toujours sous le plancher puis m'apprêtai à sortir. J'avais besoin de me détendre et il me semblait qu'un bain chaud était le meilleur remède. Jusqu'alors, j'avais été baigné, parfumé, massé par des esclaves. C'est pourquoi je ne pouvais imaginer l'aventure qui allait naître du désir de prendre un bain dans le quartier plébéien du troisième district.

Je reconnus les bains à la longue file d'attente composée de tout un échantillonnage de peuples d'origines différentes.

— Par Jupiter ! m'exclamai-je, ne pouvant m'empêcher d'exprimer mon étonnement. Tous les habitants de cette rue se sont-ils donné le mot pour venir se baigner en même temps ?

L'homme devant moi dans la file se retourna pour me jeter un incommensurable regard de mépris.

— Non. Ces gens viennent seulement de deux insulae. Mais dis-moi, qui es-tu ?

— Je vis dans cette maison, dis-je en désignant l'immeuble aux proportions incertaines.

— Aujourd'hui, c'est au tour des habitants du quatrième étage de prendre leur bain.

— Ceux du quatrième étage? Ça marche donc par étage?

— Mais de quel arbre es-tu tombé, jeunot? dit-il avec l'accent des Italiques de Lucanie. Tu ne sais pas que les bains sont assignés chaque jour à une section de locataires?

— À quand le tour des habitants du cinquième étage? demandai-je, atterré.

— Ah, je n'en sais rien. Consulte le tableau d'affichage.

C'est ainsi que la vie fonctionnait ici. À la porte de l'établissement, une ardoise mentionnait les tours; chaque immeuble et chaque étage avait ses heures, ses jours de bains. Je constatai que je ne pourrais me défaire de ma crasse avant mercredi à la dixième heure.

— Combien es-tu prêt à me donner pour mon tour? me demanda l'homme.

— Comment?

— Je te cède mon tour. Ça m'est égal de me baigner aujourd'hui ou un autre jour. Si ça ne tenait qu'à moi, jamais je ne me laverais. Je le fais pour Marcia, mon épouse, qui prétend que je pue.

— Combien veux-tu?

— Pour une fois, je vais être généreux; ce sera gratuit.

— Merci beaucoup.

— Oh, pas la peine de faire toute une histoire!

Le Lucanien me céda sa place dans la file et observa mes mains vides avec curiosité.

— Où sont ta serviette et ton savon?

— La serviette? Mais je n'en ai pas. Je pensais que les bains fournissaient tout ça.

— Tu es un sot, mon garçon. Te crois-tu aux thermes du Quirinal? Tiens.

Il me tendit un morceau de savon noirâtre et ce qui faisait office de serviette.

Je lui remis quatre as.

— Pas la peine.

— Si, prends-les.

— Ça va. Je m'appelle Démétrius. Écoute, je t'invite à prendre un verre de vin, ce soir.

— Où cela?

— Je veux bien être pendu si tu n'es pas un drôle de gars! À la taverne, mon garçon. À la taverne… J'y serai vers cinq heures. Tu sauras aller jusqu'à la taverne, n'est-ce pas?

Je me souvins que sur la place, près de l'autel du culte, j'avais vu un de ces endroits où les hommes se réunissent pour boire.

— Tu parles de celle de la place?

— Bien, je vois que tu te réveilles.

M'adressant un clin d'œil complice, il se perdit dans la foule.

Malgré la mauvaise qualité du savon et la rudesse de la serviette, j'éprouvai un vif plaisir au bain. L'eau n'était pas vraiment chaude, et on s'impatientait à ma porte. Cependant, je fis la sourde oreille, profitant entièrement du temps qui m'était imparti. Lorsque je sortis, je me sentis comme réconforté.

Le soleil luttait pour se frayer un passage à travers l'enchevêtrement des immeubles de l'étroite ruelle ; je bénis la faible chaleur des rayons caressant mon visage.

Lorsque je regagnai la maison, propre et les cheveux mouillés, Membo était là.

— J'avais deviné que tu étais au bain, Drusus.

— Où étais-tu passé ?

— J'ai trouvé du travail dans une librairie, sur l'Argiletum.

Je poussai un long sifflement.

— Par Castor ! Comment l'as-tu déniché ?

— Tu connais l'éditeur Appius, celui qui édite les œuvres de Cicéron ? Je me suis présenté à lui en lui disant que je venais de la part de l'illustre auteur.

— Quelle audace, Membo !

— Cicéron nous doit bien ça. Souviens-toi qu'il s'est désintéressé de nous ; il nous a fermé la porte de sa maison.

— Et cet Appius a cru ton histoire ?

— Bien sûr.

Je fis une pause. Puis d'un air innocent, je lui annonçai :

— Eh bien moi, je vais à la taverne ce soir.

— Que dis-tu, Drusus ?

— Un type m'a invité, un certain Démétrius.

Amusé par mon histoire, Membo jugea néanmoins dangereux que je descende à la taverne.

— Nous ne sommes pas dans l'Aventin*. La vie est différente ici ; les maraudeurs et les voleurs abondent, tu peux te retrouver avec un poignard en travers de la gorge au détour d'une rue.

J'étais en train de découvrir que loin des murs protecteurs des maisons perchées sur les collines, loin des discours pompeux du sénat et des brillantes campagnes militaires du pays le plus puissant de la terre, il existait une autre Rome. Une ville bigarrée, hétérogène, qui s'étendait du Tibre jusqu'à l'Esquilin. Une ville où la vie ne valait rien, mais où malgré cela – ou peut-être à cause de cela justement – on pouvait rencontrer une personne qui vous invitait tout simplement à partager un verre de vin, vous cédait sa place au bain.

Je découvrais la beauté de la Rome avilie.

— Membo, j'irai à ce rendez-vous.

— Mais Drusus…

— Je vis maintenant dans la Subure ; je dois m'adapter, faire comme les gens de ce quartier… si je veux survivre.

— Tu as peut-être raison, jeune maître. Mais je t'accompagnerai.

J'aurais préféré m'y rendre seul, mais je ne trouvai aucun moyen de le dissuader.

Nous descendîmes vers cinq heures et traver-

* Aventin : quartier résidentiel élégant de Rome. (*N.d.T.*)

sâmes le patio, le rendez-vous des cancanières où des jeunes filles jacassaient à tue-tête, où des enfants se bousculaient. Des odeurs de friture et d'épices s'échappaient des étages, des femmes à leur fenêtre commentaient les ragots du jour.

Malgré l'heure peu tardive, une animation inhabituelle régnait dans la taverne.

Le Lucanien vint à ma rencontre, suivi de deux hommes.

— Ainsi, tu es venu. Regardez, c'est le jeunot qui croyait que les bains distribuaient savon et serviettes.

Ses amis se mirent à rire, découvrant des bouches édentées.

— Je m'appelle Drusus, et voici mon ami Membo.

— Et comment avez-vous fait pour échouer dans un lieu pareil ?

C'est alors qu'arriva la chose la plus insolite qui pût arriver. Peut-être était-ce à cause de la naïveté de leurs visages, de la spontanéité de leurs gestes… Le fait est qu'un sixième sens semblait me guider dans ce monde de déshérités, et je m'entendis répondre :

— Je m'appelle Drusus Dimitius, fils du patricien Sévère Dimitius. Et si je suis ici, c'est parce que la fatalité s'est abattue sur ma famille.

Horrifié, Membo se laissa tomber sur un banc. Le tavernier s'approcha, une cruche de vin à la main.

Tous s'assirent autour de la table en me dévisageant d'un air indécis.

— Bien..., continuai-je sans m'émouvoir, conscient de leur attention. Ces derniers jours, j'ai circulé sous un nom d'emprunt car le destin ne m'est pas favorable.

Je fis une pause.

Je regardai ces yeux rivés aux miens puis repris lentement :

— Je n'ai raconté cela à personne, mais à présent j'ai besoin d'aide... Cet après-midi, j'ai fait la connaissance aux bains de Démétrius, et il m'a cédé sa place. Démétrius me paraît être un homme digne de confiance, et comme vous êtes ses amis...

Je déglutis. Le tavernier me tendit un verre. Je bus une gorgée de vin fort, non coupé.

— Je vous salue... Je vais vous raconter mon histoire et que les dieux me protègent.

Portant un doigt à ses lèvres, Démétrius demanda le silence, adressa un signe au tavernier puis se leva avec prudence. Nous le suivîmes vers une petite salle au fond de la taverne.

Le patron des lieux tira le rideau et versa le vin.

Je racontai alors les tragiques événements de ma vie à un auditoire en sueur.

Lorsque j'eus terminé, le Lucanien émit un sifflement.

— Par Mercure, quelle histoire !

Démétrius était très sérieux, Membo, horrifié.

Le Lucanien, en homme d'action, s'empara immédiatement de l'affaire.

— Écoute, Drusus Dimitius, si ce Cinna est aussi puissant que tu le prétends – et cela, nous le vérifierons –, ta vie ne vaut pas un sesterce.

— Vraiment ?

— L'argent est une arme meurtrière. Si Cinna paie grassement, ta tête peut finir plantée au bout d'une pique.

— Que puis-je faire ?

— Te remettre entre nos mains. Nous te protégerons.

— Vous le ferez ?

— Nous le ferons… Prends encore un peu de vin pendant que je fais les présentations. Voici Brigandix, de Gaule cisalpine, tavernier. Lucus, homme à tout faire, cordonnier le jour, conducteur de chariot et livreur le soir. Vitellius, vigile de nuit, appartient à la milice du deuxième district ; il est chargé de faire des rondes dans la ruelle ; également pompier à l'occasion. Et celui qui te parle, Démétrius, ex-légionnaire, ex-gladiateur et actuellement mari opprimé…

— Tu as été gladiateur ?

— Cela fait dix ans maintenant. Lors des jeux Carnarius en 458, j'ai obtenu l'épée de bois, ce qui m'a permis de prendre ma retraite.

Je le considérai avec respect. Les gladiateurs luttent jusqu'à la mort. Ou ils gagnent ou ils périssent au combat – leur gloire et leur peine. Seul un gladiateur qui remporte combat après combat se voit octroyer le privilège de la vie. On lui remet une épée de bois, et il peut enfin se retirer.

— Tu as gagné beaucoup de combats ?

— Je crois, oui. Un jour, je te raconterai.

Brigandix le tavernier intervint.

— Mais pourquoi Cinna te poursuit-il ?

— Parce que nous avons été les témoins de son crime, s'empressa de dire Membo. Il a vu le visage de mon maître.

— De plus, ajoutai-je, il convoite un objet très précieux qu'il croit être en ma possession.

Voyant ma frayeur, aucun d'eux ne me demanda de quoi il retournait ni si je possédais cette chose précieuse. Je sus alors que je pouvais leur faire confiance.

— Je dois retrouver ma sœur.

— Tu ne la retrouveras jamais, répliqua Démétrius.

Je me sentis soudain affligé mais il ébaucha tout de suite un sourire.

— Tu ne pourras pas la retrouver, mais nous, si.

— C'est vrai ?

— Sans doute. Écoute, si une personne disparaît à Rome, elle ne réapparaît jamais. La ville l'engloutit, tu comprends ? Et aucun homme de ton rang ne connaît bien cette ville. Moi non plus, d'ailleurs, mais j'ai des amis qui, eux, en ont d'autres, et ainsi de suite. Une chaîne d'yeux le jour, une chaîne d'oreilles la nuit. Tu me suis, mon garçon ?

— Plus ou moins.

— Désormais, nous serons tes yeux, tes oreilles, tes bras et tes jambes ; nous sommes une immense légion qui œuvre dans l'ombre. Si ta sœur est vivante, nous la retrouverons. Si tu dois prendre un bateau pour l'Hispanie, nous le mettrons à l'eau. Si Cinna nous gêne, nous le liquiderons.

Il prononça « liquiderons » sans s'émouvoir. À cet instant, je compris que je venais de pénétrer dans un univers étranger et complexe qui n'était pas régi selon les lois courantes. Il avait son propre code de l'honneur parfaitement établi. Et malheur à celui qui osait le transgresser !

Je venais d'entrer dans le monde des misérables, des oubliés. Et ils m'avaient adopté.

Cette nuit, Membo et moi ne ressentîmes pas la solitude habituelle. Nous bavardâmes jusque très tard dans la soirée, évoquant nos nouveaux camarades ; le visage de lapin de Lucus, la verrue de Vitellius, le terrible accent de Brigandix, le Gaulois.

Nous sortîmes sur la terrasse pour respirer l'air frais de la nuit romaine. Le Grand Chien brillait de tous ses feux.

13. VALERIA
NONIS APRILIBUS
(Nones d'avril)
5 avril

Quintus Sempronius Cinna pénétra dans la maison des Arrius avec l'arrogance du conquérant.

— Annonce-moi à ta maîtresse.

La courtoisie lui étant chose étrangère, il se dirigea vers le triclinium pour se verser du vin, admira la taille du verre puis son regard glissa sur la mosaïque du sol. Tout lui appartenait désormais... Il sourit de satisfaction en estimant l'étendue de la fortune de Valeria. Une seule chose cependant le préoccupait. La terre semblait avoir avalé le garçon – le maudit neveu de Marius Dimitius. Le jeune homme détenait le document, Cinna en était convaincu. De plus, Drusus était l'unique témoin de son crime. Il avait fini par reconnaître son visage...

Valeria, silencieuse, l'observait du seuil de la porte depuis un moment. Lorsque Cinna se rendit compte de sa présence, il était trop tard. La jeune fille avait surpris le regard mauvais et le sourire torve.

— Je te salue, Valeria.

— Bonjour, Cinna.

— Tu es ravissante.

Sans mot dire, Valeria fixa le verre qu'il tenait.

— Pardonne mon audace, s'excusa Cinna. Je me suis permis de prendre un peu de vin.

— Assieds-toi, Cinna.

Ni le ton froid de Valeria ni l'éclair fulgurant de colère qui traversa son regard ne passèrent inaperçus. Cinna allait répliquer mais se ravisa à temps.

— Valeria, tu es si belle…

— Le moment n'est pas à ce genre de propos, Cinna.

— Je sais, je sais, ma chère… Tu es en deuil. Mais crois-moi, je partage ta perte ; c'était un père pour moi.

— Vraiment ?

Cette fois, son ton fut si ironique que Quintus Sempronius comprit qu'il s'aventurait en terrain dangereux. Il se composa immédiatement un masque.

Son heure viendrait… Lorsqu'il serait son époux, Valeria obéirait à ses ordres, elle le traiterait avec respect. Mais Valeria, encore libre, était à la tête de la fortune des Arrius.

— En doutes-tu, ma chère? Je t'assure que ma peine est immense.

— On dirait que tu le caches.

— Par Jupiter, Valeria! Un homme doit sauver les apparences. Ne t'a-t-on jamais appris à maîtriser tes sentiments?

Cinna fit une pause. Il prit une profonde inspiration et s'approcha de la jeune fille.

— Valeria, j'essaie de dissimuler mon malheur en parlant de frivolités. Ce que tu vois n'est qu'une façade.

Cinna disait peut-être vrai; il avait toujours manifesté de l'affection pour son grand-père. Pourtant, il y avait cette chose dans son regard...

— Nous devons célébrer nos fiançailles à la date prévue. Je t'enverrai la donation faite à l'épouse. J'ai déjà choisi l'anneau.

— Bien.

— Autre chose, Valeria.

— Oui?

— La date de nos noces.

— Désires-tu la reporter?

Une lueur d'espoir brilla dans les yeux de Valéria, que la réponse de Cinna fit s'éteindre aussitôt.

— Au contraire, nous devons l'avancer.

— L'avancer! Mais pourquoi?

— Tu es seule, désemparée. Je ne peux le supporter. Nous devons nous marier le plus tôt possible.

— Cinna, je peux prendre soin de moi.

— Je sais, je sais… C'est une histoire d'apparences. J'en ai déjà parlé à ma mère qui est d'accord pour que nous nous unissions rapidement.

— Quand?

— En juin.

— C'est impossible. Juin est un mois d'infortune, prétexta-t-elle hâtivement. Personne ne se marie en juin – ça porte malheur.

— Aux lucaries* de juillet, alors.

« Quatre-vingt-dix jours, pensa Valeria. Dans quatre-vingt-dix jours, je serai soumise à cet homme. »

— Souviens-toi que je suis en deuil, lui rappela-t-elle.

— Les noces seront très simples, et la cérémonie sera célébrée dans la plus stricte intimité. Si tu le souhaites, nous nous passerons de banquet.

Valeria opta pour une autre stratégie.

— Cinna, dit-elle en adoucissant la voix. Le deuil et l'amour ne font pas bon ménage, et tu désires que je t'aime, n'est-ce pas?

— Bien sûr, répondit-il, pris de court.

— Alors, sois patient, Cinna. Attends. Si tu veux une épouse aimante qui te comble de bonheur, attends… attends que cette tristesse qui est mienne s'éloigne. Alors je serai à toi.

Cinna ne sut que répondre; il ne savait pas si

* Lucaries : rite agraire. Lucaria est la fête des bois destinée à protéger les bûcherons contre les « démons » des arbres (19-21 juillet). (*N.d.T.*)

elle rusait. Il était clair maintenant que Valeria ne voulait pas de ce mariage. Mais alors, où voulait-elle en venir ? Valeria, jeune fille intelligente, était-elle capable de simuler ?

— Eh bien, si telle est ta volonté… Mais promets-moi d'y réfléchir encore.

— J'y réfléchirai, Cinna.

Le questeur se servit une autre coupe de vin avec désinvolture, bien décidé à poursuivre la conversation, mais Valeria, résolue, se leva, mettant ainsi un terme à l'entrevue.

— Au revoir, Cinna.

— Tu t'en vas déjà ?

— Les convenances l'exigent.

Dès qu'il eut quitté la maison, la vieille Sextina surgit de derrière la colonnade.

— Oh, Valeria, ne t'unis pas à cet homme. Ne lui accorde pas ta confiance, mon enfant. Il ne me plaît pas.

— Je suis bien d'accord avec toi, Sextina, mais que puis-je faire ? Grand-père a tout arrangé pour qu'il en soit ainsi. S'il vivait, j'aurais pu le faire changer d'avis. Mais maintenant…

— Tu devrais retrouver le garçon…

Valeria la regarda, bouche bée. C'était la première fois que la vieille femme évoquait le mystérieux garçon qu'elle n'avait jamais vu.

— Nous verrons cela, Sextina, nous verrons cela. Qui est ce jeune homme ? Ne deviendrais-tu pas gâteuse ?

— Il existe. Ce jeune homme a habité cette maison.

— Quand?

— Quelques jours avant qu'on n'assassine ton grand-père. Il est arrivé après les ides, tu sais... Je crois bien qu'il se cachait. En vérité, il n'est pas venu de lui-même; c'est le sénateur qui l'a fait chercher. Je l'ai entendu donner les ordres au cocher.

— Tu vois tout Sextina.

— Et j'entends, j'entends aussi. Et peu importe si on me blâme. La vieille Sextina s'en moque. Mon maître Flavius s'en moquait aussi d'ailleurs, car il savait que je le servirais toujours.

— Continue, Sextina. Tu as réussi à m'intriguer.

— Bien, comme je te le disais, le jeune homme et ton grand-père ont parlé longuement, des heures et des heures. Le garçon était aimable et délicat... Bientôt, les uns et les autres ont commencé à arriver; je savais bien, moi, que ça ne promettait que des ennuis. Ensuite, le maître a donné ce banquet; la maison était remplie de patriciens, de sénateurs. Ton fiancé, ce Cinna, était aussi invité, et j'ai vu que le jeune Drusus...

— Drusus?

— Oui, il se nomme Drusus. Bon, j'ai vu qu'il était préoccupé et lui ai dit que les ennuis allaient pointer le nez. Il m'a alors donné raison et s'est retiré. Mais moi, je l'ai entendu parler avec son affranchi.

— Comment ça? Où étais-tu?

— Derrière le rideau. Je devais tout surveiller, comprends-le. Si seulement j'avais écouté mon maître Flavius ! Et le jeune homme a dit quelque chose que je n'ai pas entendu. Si j'avais eu l'oreille plus fine, j'aurais prévenu ton grand-père le lendemain matin.

— Le prévenir de quoi ?

— Je n'ai pas entendu.

La vieille soupira.

— Il n'y a pas eu de lendemain, mon enfant, car les démons ont pris d'assaut la maison dans la soirée. Les terribles démons de l'épée.

— Ça suffit, l'interrompit Valeria. Je ne veux pas entendre ça.

— Mais tu dois m'écouter.

— Non. Je ne veux rien connaître de cette funeste nuit.

— Si, tu dois l'entendre, mon enfant.

Mais déjà Valeria avait quitté la pièce.

14. *PRIDIE IDUS APRILES*
12 avril

Un soir, Lucus se présenta dans un état de grande agitation.

— Démétrius demande que tu descendes à la taverne. C'est très important.

L'ex-gladiateur m'attendait dans la salle du fond, mais il n'était pas seul. Lorsque j'écartai le rideau, mon cœur bondit. Démétrius se trouvait en compagnie d'un centurion*.

— Je te présente mon ami Proculus.

— Je te salue, Drusus, répliqua le militaire en exécutant le salut romain, une chose complètement insolite dans le troisième district.

— Bonjour.

* Centurion : commandant d'une centurie militaire, formation composée de cent hommes. (*N.d.T.*)

— Proculus, qui sert avec Marc Antoine, a des nouvelles pour toi.

J'étais à ce point impressionné que mes yeux allaient de Démétrius à Proculus, de Proculus à Démétrius.

Le Lucanien s'amusa de mon air déconcerté.

— Bien, commença le soldat. Je crois que tu cherches une fillette.

— Oui, ma sœur.

— Est-elle brune ?

— Elle a les cheveux châtain foncé.

— Âgée de douze, treize ans ?

— Oui, oui, treize ans.

— Quand a-t-elle disparu ?

— Aux ides de mars. Enfin, je suppose que c'était le lendemain. Que sais-tu, Proculus ? Dis-moi ce que tu sais !

— Je ne sais pas s'il s'agit de ta sœur. Il est possible qu'elle ne soit pas celle que tu cherches, mais j'ai entendu dire qu'une adolescente d'environ douze ans a été amenée chez les Vestales*.

— Les vestales ?

— Oui. La petite a les cheveux foncés, et elle est patricienne. La date semble coïncider.

— Peux-tu avoir d'autres renseignements ?

Le centurion fit non de la tête.

* Vestales : prêtresses du temple de Vesta (déesse du foyer) élues parmi les jeunes patriciennes. Elles entretenaient le feu sacré de la cité et faisaient vœu de chasteté. (*N.d.T.*)

— Son nom, Proculus. Seulement son nom.

— Non, personne ne sait comment elle s'appelle. Et à présent, elle se trouve avec les vestales. Tu sais que dans ce genre d'endroit, on ne peut rien soutirer. Personne n'entre dans la résidence des vierges.

— Qui l'a emmenée chez les vestales ? Et pourquoi l'a-t-on trouvée là-bas ?

— Je n'ai pu en savoir davantage, désolé. J'ai fait ce que j'ai pu.

— Merci, Proculus, dit Démétrius. C'est une information très précieuse.

— Proculus, sais-tu quelque chose à propos d'un certain Quintus Sempronius Cinna ?

— Le questeur ?

— Lui-même.

— Tu as maille à partir avec lui ?

— Il cherche certainement à me tuer.

— Alors, prends garde à toi. Cet homme est dangereux.

Je ne parvins pas à fermer l'œil de la nuit. Pis, j'empêchai Membo de dormir. Mon excitation était telle que je ne cessais d'aller de la chambre à la terrasse.

— Par Pollux ! se plaignit Membo. Je dois me lever tôt demain matin.

— Mais te rends-tu compte, Membo ? Porcia est vivante ! Elle est chez les vestales.

— Ce n'est peut-être pas elle.

Je savais qu'il s'agissait de Porcia. Démétrius en

était également certain ; une jeune patricienne, et à cette date… De plus, Proculus n'avait pas entendu dire qu'on recherchait une autre adolescente de haute naissance.

J'avais envie de partir à sa recherche immédiatement, mais le centurion m'avait recommandé la prudence. Atteindre les vestales n'était pas chose facile et je ne devais pas m'exposer au danger.

Le lendemain se tint une réunion d'urgence à la taverne.

— Si cette adolescente est vraiment ta sœur, l'affaire est difficile, commença Vitellius. Pour parler à une vestale, il faut d'abord solliciter un rendez-vous, en exposant le motif de ta demande en bonne et due forme. Tout est noté sur une feuille que le secrétaire du grand pontife* leur remet. Ensuite, elles acceptent ou refusent de te recevoir. Ce n'est pas une mince affaire !

— Mais il s'agit de ma sœur. Si elle est là-bas, elles me permettront de parler avec elle.

Démétrius ne partageait pas mon avis.

— Qu'elles nous disent au moins si c'est elle, dit-il. Avant tout, tu devras prouver ton identité, tu devras révéler ton nom ; enfin, ce genre de chose, quoi.

* Le grand pontife présidait le collège des pontifes, prêtres qui dressaient le calendrier des jours ouvrables, organisaient les fêtes religieuses, etc. (*N.d.T.*)

— Je le ferai.

— Et voilà, tu plonges dans la gueule du loup ! Si tu te découvres, les délateurs serviront à Cinna un plat délicieux.

— Si je parviens jusqu'à la grande vestale, elle m'écoutera. Une vestale ne peut repousser un persécuté.

— Certes, mais comment atteindre la grande vestale ?

— Je suis Drusus Dimitius Manlius.

— Tu l'étais. À présent, tu n'es qu'un type dont la tête est mise à prix.

— C'est très risqué, intervint Vitellius. Les temples et les espaces publics sont des lieux dangereux. Tu ne peux pas te présenter là-bas et demander un rendez-vous comme n'importe qui.

— Que faire alors ?

— Entrer dans le temple à l'insu de ses habitantes, lâcha Lucus.

— As-tu perdu la raison ? gronda Démétrius. Sais-tu ce qui attend l'homme qui profane de sa présence la demeure des vestales ?

— La mort, répondit le Gaulois Brigandix.

— Si on te découvre. Il faut qu'on te découvre pour te donner la mort.

Ils se mirent à jurer et jurer encore et encore. Pour eux, l'entreprise était vouée à l'échec. Finalement, Démétrius coupa net le vacarme en abattant son poing sur la table.

— Qu'as-tu en tête, Lucus ?

— Je connais la cuisinière, c'est une femme de confiance. Je lui parlerai quand je la verrai au marché. Donnez-moi quelques jours et j'arrangerai l'affaire.

— Nous aurons besoin d'un plan du temple et de la résidence des prêtresses, dit Démétrius. Il faut connaître la disposition de l'édifice, des chambres des filles et savoir comment arriver jusqu'à elles. Il faut aussi connaître les horaires… L'entreprise reste dangereuse, quand bien même nous obtiendrions tous ces renseignements.

— Je me charge de cela, intervint Membo qui, jusqu'à présent, n'avait pas dit un mot.

— Toi ?

Nous le fixâmes, abasourdis.

L'Égyptien se mit à rire, découvrant de magnifiques dents blanches.

— Allons, vous vous prenez pour les maîtres du monde ou quoi ? Vous n'êtes pas les seuls à savoir vous déplacer dans le monde de la canaille. Je travaille sur l'Argiletum, au milieu des livres… Les livres vous apprennent tant de choses.

— Mais bien sûr ! s'exclama Démétrius en se donnant une tape sur le front. Les livres !

— Exactement. Tout est dans les livres. Les prophéties… l'histoire… les vieilles cartes. Ne vous inquiétez pas : Membo l'Égyptien trouvera les plans.

15. VALERIA
IDIBUS APRILIBUS
(Ides d'avril) 13 avril

Les fiançailles de Quintus Sempronius Cinna et de Valeria Lepidus eurent lieu à la date prévue. On fixa les termes du contrat de mariage : la fiancée apporterait en dot quatre-vingt-dix mille talents et une maison en Ombrie. De plus, la promise était l'héritière d'une fortune considérable qui, jusqu'au jour du mariage, serait administrée par les exécuteurs testamentaires désignés par le sénateur Flavius.

Sur la demande pressante de la future mariée, la cérémonie se déroula dans la plus stricte intimité.

Ce même après-midi, Quintus Sempronius fit à sa future épouse une proposition inattendue.

— Valeria, puisque tu es seule, il serait plus

convenable de t'installer dans ma maison. Ne t'inquiète pas, ma chère…

Cinna venait de remarquer une lueur d'inquiétude dans les yeux de la jeune fille.

— Ne t'inquiète pas, tout se fera selon les normes de la bienséance. Ma mère, la noble Fulvia, vit sous mon toit. J'ai déjà discuté de cela avec elle.

Valeria se leva lentement et se dirigea vers l'impluvium. Elle semblait réfléchir à sa réponse.

Cinna crut percevoir un léger tremblement chez la jeune fille qui lui tournait le dos. Cependant, lorsqu'elle lui fit face, son visage ne laissa transparaître aucun sentiment.

— C'est très aimable à toi, Quintus Sempronius, répondit-elle d'une voix posée. Mais je préfère demeurer dans ma maison et n'en sortir que le jour des noces, comme l'aurait désiré mon grand-père.

— Valeria, tu ne peux rester seule ici, sans protection. Souviens-toi que ton grand-père a péri lors d'une agression dans sa propre maison.

— C'étaient des jours difficiles, soupira-t-elle.

— Je ne suis pas tranquille. Il ne me plaît pas que tu vives ici… seule.

— Oh, tu ne dois pas t'inquiéter pour ça ! J'ai écrit à tante Servilia, mentit Valeria. Elle va bientôt me rejoindre.

— Je… je ne le savais pas, bégaya-t-il.

— Quoi qu'il en soit, je te remercie, et transmets aussi mes remerciements à ton auguste mère.

— Bien, Valeria. J'avais prévu ta réponse…

que tu… Enfin, j'aurais préféré que tu viennes t'installer chez moi, conclut-il d'un ton tranchant.

Les regards des futurs mariés se croisèrent, tels des couteaux aiguisés. Néanmoins, ils se continrent.

La conversation conserva ses termes courtois bien qu'extrêmement froids. Cinna prit congé sans dissimuler sa contrariété, mais un sourire se dessina sur ses lèvres.

— Je te rendrai visite d'ici peu.

— Cynique ! éclata Valeria dès qu'il fut parti. On dirait un vautour qui plane au-dessus de la charogne !

16. VALERIA
ANTE DIEM XVII KALENDAS MAIAS
15 avril

Deux jours plus tard, un courrier se présenta à la maison des Carmenes. Il portait un message d'Hispanie pour le défunt sénateur Valère.

— J'ai fait le voyage le plus rapidement possible, dit-il en guise de salut. Mais cela n'a pas été facile.

— J'en suis désolée, répondit Valeria.

— Le sénateur Flavius m'avait envoyé en Hispanie pour remettre un message urgent. Voici la réponse.

L'homme lui tendit une enveloppe cachetée. S'emparant d'une bougie, la jeune fille fit fondre la cire. Elle découvrit dans l'enveloppe une lettre portant les deux sceaux officiels du préteur de la Tarraconnaise.

Je te salue, Flavius Valère

Ton courrier est arrivé hier. Depuis lors, la douleur et le malheur me tenaillent, et bien que je connaisse déjà les événements préoccupants survenus le 15 mars, nous n'imaginions pas qu'ils eussent affecté ma famille.

À présent je suis plus calme, et mon cœur de mère te remercie. Tous les jours de ma vie, Flavius Valère Arrius, je me souviendrai de ce que tu as fait pour mon fils Drusus et je te bénirai. Bien que tu ne dises rien à propos de ma fille Porcia, j'en déduis qu'elle est en lieu sûr. Ta proposition de les envoyer tous deux en Hispanie me rend heureuse. Et il me tarde de serrer mes enfants dans mes bras.

Mon époux, Claudius Vicinus, a déjà commencé à faire les démarches nécessaires. J'espère les avoir bientôt à mes côtés.

J'éprouve une profonde douleur à l'annonce de la mort de mon ex-beau-frère, Marius Dimitius. C'était un homme juste pour qui j'avais de l'affection.

Je te demande de montrer cette lettre à mes deux enfants chéris. Je pensais leur écrire, mais le courrier veut partir le plus tôt possible. Dis-leur simplement que mon cœur déborde d'inquiétude, que je désire ardemment les serrer dans mes bras.

Quant à toi, Flavius Valère, reçois mon éternelle gratitude, ainsi que celle de mon époux.

Toujours tienne,

Terentia

Post scriptum. *Mon mari s'est arrangé pour le bateau. Un marchand récupérera mes enfants à Ostie le 8 mai, à la première heure de la matinée. Le bateau s'appelle l'*Ariadna, *le capitaine, Lucien.*

L'aspect financier est réglé. Mon époux et moi-même te renouvelons notre éternelle gratitude.

Porte-toi bien.

Valeria lut la lettre deux fois.

La première fois, elle n'y comprit rien. Puis, peu à peu, elle saisit sa signification. Elle reprit le post scriptum.

— À Ostie, le 8…

Par Junon ! C'était donc vrai ! Le jeune Drusus existait, son grand-père l'avait protégé… Ainsi, Sextina avait raison. Mais alors…

— Sextinaaa ! appela-t-elle. Viens ici immédiatement !

— Que se passe-t-il, jeune fille ?

— Ce jeune homme.

— Drusus ?

— Oui. Il existe !

— Quelle nouvelle…

— Je veux dire… J'ai une lettre pour lui.

— Ah oui, dit la vieille femme, intéressée et curieuse. Et de qui est-elle, cette lettre ?

— Sextina, ne commence pas, gronda Valeria.

Si tu ne veux pas me le dire, alors ne dis rien, maîtresse. Je comprends… De toute façon, je le saurai.

Valeria se mit à rire, amusée.

— La lettre est pour grand-père, mais elle parle du jeune homme… C'est une lettre de sa mère.

— D'Ibérie ?

— Ma parole, Sextina, tu es l'oracle de Delphes !

— Le garçon voulait se rendre en Hispanie pour vivre avec sa mère, mais il voulait d'abord retrouver sa sœur.

— Sa sœur ? S'appelle-t-elle Porcia ?

— Peut-être, je ne m'en souviens pas. Mais elle a disparu, de cela je suis sûre.

— Disparu ! Sextina, il faut absolument retrouver ce jeune homme ; il y a un message pour lui, et c'est urgent.

— Je ne sais pas où il est, maîtresse. Il s'est enfui la nuit où les démons sont entrés dans la maison.

— Parle-moi de cette nuit.

— Avant-hier, tu ne voulais rien entendre.

— J'ai changé d'avis. Que dois-je savoir ?

La vieille femme se pencha pour murmurer à l'oreille de Valeria :

— Ton grand-père est mort dans les bras du jeune homme. Avant de mourir, le sénateur lui a demandé s'il avait le *document*. L'autre lui a répondu oui, et a juré de le garder jusqu'à la mort et qu'*ils* ne le retrouveraient jamais. Puis il s'est enfui. Quand *ils* sont revenus avant l'aube pour tout détruire et mettre tout sens dessus dessous, Drusus n'était déjà plus là. *Ils* n'ont pas pu le trouver… Et c'est ce que cherchait ce malfaisant acharné, en criant aux horribles démons : « Ramenez-moi le garçon, ramenez-le-moi vivant ! »

Valeria, très pâle, se leva et considéra l'esclave.

— Qui sont ces *ils*, Sextina ?

— Les importants.

— Tu penses donc que ce ne sont pas des malfaiteurs qui sont entrés ici cette nuit-là ?

— Certes, c'étaient des malfaiteurs, maîtresse. Bien sûr… mais de ceux qui se drapent de la toge et qui se coiffent de couronnes de laurier.

— Chut… Tais-toi, vieille femme. Ne me fais pas peur !

Un oiseau plana et se posa sur la partie supérieure de l'impluvium.

— Regarde, Sextina, une alouette… Il est rare d'en voir à Rome à cette époque de l'année.

Valeria tâchait de repousser le terrible pressentiment qui traversait son esprit, la redoutable suspicion… Non, ce n'était pas possible. Que Cinna lui déplaise était une chose, qu'il soit l'assassin de Flavius en était une autre. Cependant, il y avait cette chose… ce regard, la proposition de l'autre après-midi.

— Sextina, pourquoi ne pas m'avoir dit ça plus tôt ?

— J'avais peur, mon enfant.

— Et pourquoi me le dis-tu maintenant ?

La vieille gouvernante baissa la tête.

— C'est à cause de Sempronius Cinna, n'est-ce pas ? reprit Valeria.

— C'est..., soupira l'esclave. Je ne veux pas que tu te maries avec lui.

— Sextina !

Cette seule pensée la bouleversait.

— Sextina, crois-tu que Cinna... ?

— J'en suis certaine, ma petite.

— Le 8 mai à Ostie, répéta la jeune fille. Quel jour sommes-nous ?

— Le 15 avril.

— Vingt-deux jours ! J'ai vingt-deux jours pour trouver Drusus.

Le reste de la journée, Sextina interrogea habilement domestiques, esclaves, cocher... Personne ne savait rien sur le garçon, personne n'avait revu l'arrogant Égyptien qui l'accompagnait.

— Nous ne le retrouverons jamais, se désespérait Valeria.

— Nous le retrouverons, répliquait l'entêtée Sextina.

17. VALERIA
ANTE DIEM XVI KALENDAS MAIAS
16 avril

Très tôt le matin du 16 avril, Cinna rendit visite à sa fiancée. Bien qu'encore bouleversée, la jeune fille le traita avec courtoisie, se montra affable. Valeria avait décidé de changer de tactique ; son but étant maintenant de trouver Drusus, elle ne voulait pas que Cinna se sentît repoussé.

Comme toute Romaine soumise dès l'enfance à la volonté des hommes, Valeria savait feindre à la perfection.

— Oh, Quintus Sempronius, vous êtes si aimable !

Cinna passa un bras autour de ses épaules et l'attira à lui. Fermant les yeux, Valeria s'abandonna de façon calculée mais, dès qu'il chercha ses lèvres, la jeune fille esquiva. L'espace d'un instant, Cinna crut à un mouvement de pudeur de la jeune fille – ce qui le flatta.

Valeria pensait avoir gagné, mais c'était compter sans la menace que représentait cet homme.

— Ma chère Valeria, à partir d'aujourd'hui tu ne sortiras pas de la maison.

Malgré le sursaut provoqué par cet ordre, la jeune fille demeura impassible.

— Je ne suis pas ta prisonnière, rétorqua-t-elle d'un ton glacial. Personne ne m'a encore tenue sous son pouvoir. Comment oses-tu, Quintus Sempronius ?

— Oh, n'interprète pas mal mes paroles, c'est pour ta propre sécurité. Tu peux sortir quand tu le souhaites, bien sûr. Je voulais seulement dire de ne pas sortir seule. Des hommes de confiance surveillent cette maison jour et nuit ; ils seront aussi ton escorte. Sinon, je ne serais pas tranquille.

Valeria allait exploser mais se retint. Elle ne voulait pas que Cinna conçût ne serait-ce qu'un soupçon. La jeune fille brûlait d'envie de crier, de le frapper, de le jeter dehors. Mais elle avait désormais la conviction que Cinna était un pervers, un puissant que rien ni personne n'arrêterait.

Se redressant avec arrogance, elle s'humidifia les lèvres et lui lança un regard glacial. Elle quitta la pièce sans ajouter un mot.

Ce soir-là, dans son lit, Valeria se sentit défaillir.

— Assassin ! murmura-t-elle.

Tout son corps était secoué de spasmes violents.

— Assassin ! Tu ne feras pas main basse sur la fortune de grand-père – je le jure ! Avant cela, je me donnerai la mort de ma propre main.

Valeria se réveilla, très calme mais profondément abattue. Elle réfléchit à la façon dont elle pourrait trouver Drusus. Plusieurs solutions s'offrirent à son esprit mais, après une étude minutieuse, elles lui parurent irréalistes.

Comment retrouver le jeune homme alors qu'elle n'avait même plus la liberté de sortir de chez elle ?

— Je ne peux rien faire, se lamenta-t-elle. Absolument rien.

À cet instant, Trasea, l'esclave syrienne, entra.

— Maîtresse, me trouveras-tu un époux lorsque tu te marieras ? demanda-t-elle.

Valeria sourit pour la première fois de la journée. La tension de son visage disparut un moment.

— Bien sûr, Trasea. Mais dis-moi, quel est ton idéal de mari ? Comment est l'homme que je dois chercher ?

— Je le veux grand, avec des cheveux bouclés, des yeux foncés, et affranchi.

— Tu connais quelqu'un dans ce genre-là ?

— Oh oui, maîtresse Valeria, oh oui ! Membo est ainsi ; c'est le domestique du jeune patricien.

Valeria l'observa avec une extrême attention.

— Le domestique du jeune Drusus Dimitius ?

— Oui, oui.

— Ce Membo te plaît?

— Oh oui, beaucoup!

— Et tu veux te marier avec lui?

— Je crois.

— Et lui, veut-il t'épouser?

— Oui, maîtresse Valeria... En tout cas, c'est ce qu'il m'a dit.

— Alors, tu vois encore ce Membo.

— Parfois.

— Où vit-il, Trasea?

— Ah ça, je ne sais pas. Il passe souvent par le forum.

La bouche de Valeria se contracta en un rictus dégoûté. Membo avait sans aucun doute quitté le jeune homme ; après tout, il était affranchi, et Drusus tombé en disgrâce.

— Dis-moi, maîtresse, tu lui parleras?

— Bien sûr. Nous partirons à sa recherche aujourd'hui même. Est-il avec son maître?

Trasea remua la tête.

— Je ne sais pas...

— Sais-tu quelque chose?

— Eh bien, oui... Il se rend souvent sur l'Argiletum. Je crois qu'il y travaille.

— Trasea, des centaines de personnes travaillent là-bas. Comment vais-je le trouver? Voyons, dis-moi où vous vous êtes rencontrés.

— Par ici.

— Trasea! cria Sextina qui écoutait la conversation. Veux-tu que je te rafraîchisse la mémoire à coups de fouet ?

— Eh bien, je ne sais pas, moi… À la Curie, sur la place du Vulcanal.

— À la Curie, sur la place du Vulcanal ! répéta Sextina, irritée, en imitant la petite voix de la Syrienne. Si tu veux, on peut aussi placarder une affiche qui dirait : « On recherche Membo, perdu. »

Valeria se leva d'un bond.

— Oh, Sextina, tu as eu une idée lumineuse !

— Quelle idée ?

— L'affiche.

— Quelle affiche ?

— Nous collerons une affiche au forum, sur l'Argiletum. Membo la lira et viendra au rendez-vous.

Dubitative, la vieille gouvernante remua la tête.

— Je ne sais pas… je ne sais pas…

— Sextina, crains-tu que Cinna puisse faire le lien entre Membo et son maître ?

— Non, ce n'est pas ça… Le questeur a à peine vu l'affranchi. Il cherche Drusus à cause de ce maudit document qu'évoquait le sénateur, mais il n'a pas vu l'Égyptien. Les femmes et hommes importants ne remarquent pas les esclaves.

— Parfait. Alors appelle un de ces hommes qui crient les nouvelles et rédigent les annonces.

La jeune Valeria demeura une demi-heure en compagnie du forense, et tous deux s'accordèrent sur une somme élevée. En échange, l'homme ne révélerait jamais l'identité de la personne qui lui avait commandé l'annonce qu'il placarderait dans tous les lieux stratégiques. Il ferait en sorte que le petit couplet dicté par Valeria coure de bouche à oreille à travers la ville.

Satisfait, le forense sourit, convaincu que le nom de Trasea cachait une dame de rang élevé et que le destinataire du message était un amant de haute lignée. Lorsque Valeria devina les pensées de l'homme, elle décida de jouer la carte de l'amitié.

— Puis-je compter sur ta discrétion?

— Muet comme une tombe, voilà ce qui me distingue – surtout lorsqu'il s'agit d'une dame.

— Mon amie saura te récompenser si les choses venaient à bien tourner.

Quatorze jours avant les calendes de mai, un couplet parcourut les marchés et les places, les crieurs publics ne cessaient de le colporter. Quatorze jours avant les calendes de mai, une affiche apparut sur les grands panneaux blancs, de l'Aventin jusqu'à l'Esquilin.

Le nom de l'absent commence par M
Par M commence le nom de mon aimé.
C'est lui mon préféré.
Lui qui porte la terre du Nil
Sur la peau de son visage.
Ô fils du fleuve,

Cours à l'autel de Vulcain !
Trasea la Syrienne
Cherche les yeux noirs de l'Égyptien.
Trasea la Syrienne
A un message pour l'Égyptien aux cheveux noirs.

18. *ANTE DIEM XV KALENDAS MAIAS* 17 avril

Ce matin-là, du côté du portique de Margarita, Vitellius essayait de faire passer pour authentique une perle en poudre de verre, tout en prêtant une oreille attentive à toutes les conversations. Il s'approcha de la basilique Émilienne, consulta l'heure sur le grand cadran solaire du frontispice, puis parcourut la liste des personnes qui allaient être jugées par les préteurs. On ne sait jamais, peut-être connaissait-il l'une d'entre elles ? Près de l'affiche des accusés, une masse compacte de gens écoutaient le forense qui déclamait les annonces. À en juger par les commentaires du public, ce devait être un bon divertissement.

— Ça me plairait, à moi, de ressembler à ce type ! plaisanta quelqu'un.

— Allons voir cette Trasea ; ne puis-je pas faire l'affaire ?

Curieux, Vitellius lut l'annonce. Il allait s'éloigner quand quelque chose retint son attention. Il relut lentement le texte.

Le nom de l'absent commence par M… la terre du Nil… les yeux noirs, les cheveux noirs… Mais qui cela lui rappelait-il ?

Intrigué, il la lut encore une fois : *Les yeux noirs de l'Égyptien… l'Égyptien aux cheveux noirs…*

« J'ai l'impression de le connaître, celui-là. »

Vitellius s'engagea dans le faubourg Toscan. Près de la place des Marchands d'huile, à la porte Trigemina et au Fagutal, il aperçut de nouveau l'affiche, de sorte qu'il la savait par cœur lorsqu'il rejoignit la taverne de Brigandix, à la septième heure.

— Avez-vous vu l'affiche de la femme qui cherche l'amant ingrat ? fit-il en guise de salut.

— Elle est placardée dans tout Rome, assura Lucus qui l'avait vue. Cette femme doit être très riche ; une annonce pareille coûte une fortune.

— De quelle annonce parlez-vous ? demanda Membo qui venait d'entrer dans la taverne.

— Fichtre ! Membo ! s'exclama Vitellius en se donnant une tape sur le front. C'est ton portrait craché, je le savais bien ! Tu es l'Égyptien aux yeux noirs.

— Connais-tu une certaine Trasea ? intervint Lucus en riant aux éclats.

— Trasea ?

— Elle te cherche, mon garçon.

Les deux hommes riaient à gorge déployée.

— Eh bien, oui, j'en connais une.

La réponse de Membo leur coupa soudain la voix. Ils se turent. Brigandix abandonna sa jarre pour mieux observer Membo. Démétrius remarqua une ombre d'inquiétude sur le visage de l'Égyptien.

— Membo, qu'as-tu à voir avec tout ça ? Ne me dis pas que tu connais vraiment cette femme.

— C'est une esclave des Arrius.

— Ça ne me plaît pas, fit Démétrius.

— D'accord avec toi, rétorqua l'affranchi.

— C'est certainement un piège.

— Ça ne peut être autre chose. J'en ferai part à Drusus, assura l'Égyptien.

— Non, ne dis rien. Ne dis rien jusqu'à ce soir.

Ce soir-là, Membo et moi dînâmes chez Démétrius. Marcia, l'épouse de notre hôte, avait préparé de la purée de fèves. Arrivé le premier, j'aidais Marcia à dresser la table quand Démétrius et ses camarades firent irruption dans la maison en braillant.

— Démétrius ! cria sa femme. Si tu es soûl, mieux vaut ne pas entrer ! Et puis-je savoir ce que cherche cette meute qui t'accompagne ?

Brigandix, Vitellius, Lucus et même Membo ignorèrent la colère de Marcia et s'installèrent autour de la table. Ils commencèrent à faire un sort au dîner que Marcia venait tout juste de servir.

— Démétrius, gronda son épouse. J'ai préparé un repas pour quatre. Ou bien tu jettes ces pique-assiette dehors, ou alors je remets les fèves dans leurs cosses.

— Tais-toi, femme ! Quand il y en a pour quatre, il y en a pour sept. Ne nous importune pas avec tes jérémiades, nous avons d'autres soucis.

Très digne, Marcia laissa le plat au centre de la table en affirmant qu'elle ne nous servirait pas, qu'elle n'avait nullement l'intention de supporter une bande de fainéants prétentieux...

Très excité, Membo me raconta l'histoire des affiches. Démétrius m'assura que ça avait tout l'air d'un piège tandis que Membo et moi étions déconcertés.

— Je crois que je dois y aller, annonça Membo.

— Non, cette annonce est un guet-apens, répliqua Démétrius.

Dans la cuisine, Marcia, qui suivait attentivement la conversation, cria :

— Moi, j'irai !

Nous la regardâmes tous avec curiosité.

— Oui, moi, Marcia, j'irai. Je me présenterai au rendez-vous, à l'autel de Vulcain, pour voir si la fameuse Trasea pointe le nez.

— Et si elle est là, que feras-tu ?

— Eh bien... C'est une femme, n'est-ce pas ? Les

femmes ont toujours des choses à se dire... Laissez-moi faire.

— Tu ne courras pas de danger, Marcia ? m'inquiétai-je.

— Qui, moi ? Écoute, mon garçon, je ne suis pas une de ces matrones qui minaudent, filent la quenouille toute la journée et s'éventent au Colisée. J'ai fait du cheval à cru, j'ai suivi l'armée dans ses batailles. De plus, je me fiche que ce questeur vienne en personne. Qui me connaît ? Je suis une honnête plébéienne qui lave son poisson à la fontaine. Je t'assure que si ce Cinna et ses sicaires se montrent, Marcia le saura immédiatement. Laissez-moi m'occuper de cette affaire.

— Et moi, que ferai-je ? intervint Membo. Si la Trasea en question est vraiment celle que je connais, c'est moi qui dois être là.

— Par Jupiter, Membo ! rugit Démétrius. Te crois-tu vraiment si irrésistible ? Tu n'as rien à voir avec tout cela.

19. *ANTE DIEM XIV KALENDAS MAIAS* 18 avril

Le mercredi, à la cinquième heure, Marcia marchait lentement sur la Montée Sacrée, un panier au bras, alors que sur le forum l'animation était au plus fort, que le soleil dardait des rayons cuisants et que montait une odeur pestilentielle de poisson en même temps que les voix des marchands de légumes vantant leurs produits et celles des joueurs traçant des lignes par terre. La femme s'arrêta à une boutique récemment construite pour acheter des herbes médicinales, caressa les soies arrivées d'Alexandrie puis, traversant la partie la plus sombre du forum, se fraya un passage entre les auspices prédisant l'avenir et les forenses divulguant bonnes et mauvaises nouvelles. Finalement, elle se retrouva sur la place du Vulcanal où elle attendit patiemment.

Vers la première heure, alors que le brouhaha était si assourdissant que plus personne ne pouvait s'entendre, une vieille femme vint s'asseoir près d'elle. Marcia attendit un instant puis s'éventa le visage, en sueur, avec le bord de son tablier.

— Il fait chaud, dit-elle.

— Oui, murmura la vieille femme.

— Veux-tu un fruit frais ?

Sans attendre de réponse, Marcia ouvrit son panier et lui tendit une orange. La nouvelle venue la remercia et lui adressa un sourire tout ridé avant de porter le fruit à sa bouche édentée.

— Tu attends quelqu'un ? s'enquit Marcia.

— C'est possible.

Marcia lui adressa un clin d'œil en même temps qu'elle lui donnait un coup de coude.

— Ah, vieille entremetteuse ! Je parie que tu as une lettre savoureuse pour un beau cavalier.

— Peut-être.

— Tu es une esclave ?

— Oui.

— Es-tu dans une bonne maison ?

— La meilleure.

— Des patriciens ?

— C'est possible.

— On dirait que ton rendez-vous est en retard. Qui dois-tu retrouver ?

— Ça ne te regarde pas.

— Qu'en sais-tu ? Ça me regarde peut-être. Et peut-être même que je suis porteuse d'un message.

Les deux femmes se mesurèrent du regard.

— Connais-tu un certain Membo ? demanda la vieille femme.

— Peut-être.

— Alors tu connais le nommé Drusus ?

— C'est possible.

— Dis-lui que tu viens de la part de la vieille Sextina, qu'elle le cherche. Dis-lui que la nièce du sénateur Flavius est en grande difficulté, qu'elle a un message urgent pour lui. Le feras-tu ?

— Peut-être.

— Bien. Alors dis-lui de se présenter à la maison des Carmenes, cette nuit. Qu'il vienne à la douzième heure en entrant par la porte qu'il sait, la porte que lui a désignée Sextina la nuit du premier crime. Dis-lui exactement ça, ses oreilles comprendront ce que dit ma bouche.

Et, sans un mot de plus, la vieille femme se leva pour se noyer dans la foule.

Démétrius savait maintenant que Cinna avait lâché ses sbires. À la Subure, des types étranges allaient et venaient en questionnant les gens, et se firent même guider jusqu'à la taverne de Brigandix. Vitellius, lors de ses rondes, avait plusieurs fois rencontré Épulon, un tueur à gages réputé qui opérait uniquement dans les bas-quartiers.

Aussi, toutes les précautions prises lui semblèrent insuffisantes. Jusqu'alors, ils avaient réussi à me protéger à condition que je ne m'éloigne pas de l'*insulae*. Lorsque je descendais à la taverne ou m'aventurais dans la rue – ce qui m'arrivait rarement –, Démétrius et Lucus ne me quittaient pas d'une semelle.

— C'est risqué.

— Je dois y aller, m'entêtai-je.

— C'est certainement un guet-apens.

— Non, Sextina ne me trahirait jamais. Elle ne trahirait jamais la mémoire de son maître.

20. VALERIA
ANTE DIEM XIII KALENDAS MAIAS
Nuit du 18 au 19 avril

À minuit passé, le jeune patricien Drusus Dimitius Manlius, drapé dans sa sempiternelle cape de laine, se trouvait près de la petite porte dérobée donnant directement sur les massifs d'hortensias du jardin.

Au cœur de la nuit, Sextina ouvrit la porte et serra le jeune homme dans ses bras.

— Grâce aux dieux ! Bienvenue, jeune Drusus.

Elle le guida vers la bibliothèque, en empruntant l'allée de gravier.

— Entre. Valeria est là qui t'attend.

Lorsque Drusus pénétra dans la pièce, Sextina ferma la porte derrière lui.

Valeria était de dos. La lumière des flambeaux

donnait à ses cheveux une teinte cuivrée. Lorsque la jeune fille vêtue d'une tunique pourpre se tourna, Drusus fut impressionné par sa sereine beauté.

Je te salue, Valeria.

— Assieds-toi, Manlius.

Ils s'installèrent face à face. Après un moment de silence embarrassé, Drusus prit la parole.

— J'avais une grande affection pour ton grand-père qui fut mon protecteur et ami lors des heures douloureuses.

— Je le sais, et c'est pourquoi je m'adresse à toi. J'ai besoin d'aide…

— Malheureusement, je ne suis pas en état d'aider quelqu'un. Je vis caché, ma vie ne tient qu'à un fil.

— Je sais, je sais… Sextina m'a raconté. Toi et moi, Drusus Dimitius, avons un ennemi commun : le questeur Cinna. Écoute-moi, je t'en prie.

La jeune fille lui raconta les derniers événements de sa vie.

— Tu ne peux pas te marier à Cinna, dit-il lorsqu'elle eut terminé son récit.

— Je ne le ferai pas.

— Cinna est l'assassin de ton grand-père.

— Aide-moi, Drusus.

— Tu peux compter sur moi, Valeria.

Les deux jeunes gens parlèrent longuement et, peu à peu, se créa entre eux un courant de sympathie. Pour la première fois depuis des jours, ils se sentirent détendus, heureux.

Valeria lui remit la lettre de sa mère ; Drusus la lut avec grande émotion.

— Dans vingt jours, tu seras dans ce bateau.

— Je dois avant tout entrer dans la demeure des vestales et délivrer Porcia.

— Il te reste peu de temps.

— Je sais, mais je trouverai le moyen.

La porte s'ouvrit et Sextina se glissa entre les meubles, telle une anguille.

— C'est l'heure, jeune maître. Il faut partir.

— Ne t'inquiète pas, Valeria, assura Drusus en se levant. Je trouverai le moyen de nous libérer de Cinna.

— Vraiment ?

— Bien sûr. J'ai des amis qui nous aideront. D'ici là, tu dois gagner du temps et, surtout, dit-il en la regardant droit dans les yeux, tu dois faire en sorte que Cinna ne suspecte rien.

— Je m'y emploierai.

— Essaie de gagner sa confiance, même si cela t'est pénible.

— Ça me répugne mais je le ferai, Drusus. Je ferai tout ce qui sera nécessaire.

— Allons ! les pressa Sextina. L'aube va se lever.

Les jeunes gens entrelacèrent leurs mains en un geste spontané.

— Prends soin de toi, Drusus.

— Au revoir, Valeria. Tu auras bientôt de mes nouvelles.

21. *KALENDIIS MAIIS* (Calendes de mai) 1er mai

— Il faut agir cette nuit, annonça Démétrius. Lucus a vu son contact.

Membo arriva avec deux plans qu'il étendit sur la table.

— Voici la *Regia Domus*, la résidence du grand pontife, dit-il en désignant un point. Et là, après avoir traversé ce patio, on pénètre dans la demeure des vestales. Mémorisez les plans, je dois les remettre à leur place avant la septième heure.

— Où les as-tu dénichés ?

— Dans les archives de la *Regia* ; l'archiviste est le cousin d'un collègue.

J'étudiai attentivement les plans – les entrées, les issues dérobées, le nombre d'escaliers, l'emplacement des différentes chambres. Par bonheur, les plans étaient très détaillés. J'avais tout en tête.

— Écoute-moi bien, intervint Démétrius. Le contact t'ouvrira la porte à la onzième heure. Tu entreras par les magasins et monteras directement à la cuisine. Après ça, tu te débrouilleras seul.

— Compris.

Pour la première fois, Membo ne m'accompagnerait pas. Il protesta avec énergie, bien sûr, mais Démétrius se montra inflexible.

— Iront là-bas les personnes indispensables, affirma-t-il. Celui qui n'a aucun rôle à jouer ne se rendra pas sur les lieux. Dans les affaires de cette ampleur, il n'y a pas de place pour le sentimentalisme.

Démétrius avait raison, comme toujours, et c'est pourquoi Membo se rangea à sa décision non sans avoir rouspété. Lucus me conduirait jusqu'au temple dans sa charrette de livraison, Démétrius m'attendrait dans les parages et Vitellius, qui avait changé son tour de garde, arpenterait les environs si, par malheur, il fallait couvrir ma retraite.

Épulon se montrait de plus en plus souvent. Proculus, le centurion, nous avait appris que le sicaire opérant sur notre territoire avait une bonne affaire sous la main.

Avant de partir, je soulevai les lattes du plancher pour récupérer le document, le glissai sur ma poitrine et le couvris de ma cape. À cet instant, je pris une décision : avant d'entrer dans le temple de Vesta, je devais revoir Valeria.

— Tu es fou ! s'exclama Démétrius. N'y songe même pas. On dirait que tu veux délibérément sauter dans la fosse aux lions.

— Allons, Démétrius, il ne se passera rien. J'emprunterai la porte de derrière. Ne t'inquiète pas, je sais comment entrer dans cette maison sans qu'on me voie.

Démétrius continua malgré tout à bougonner.

Peu avant la tombée de la nuit, moins de vingt-quatre heures après ma dernière visite, je me retrouvai dans la maison des Arrius.

Soirée du 1er mai

Assise près du carré d'herbes aromatiques, Valeria vit arriver Drusus.

« Qu'il est séduisant ! » pensa-t-elle en se levant avec empressement.

Les jeunes gens demeurèrent l'un en face de l'autre. La lumière du couchant baignait le pâle visage de Valeria. Saisissant un gâteau au miel et aux figues qu'elle lui offrait, le jeune Manlius sentit un frisson le traverser quand ses doigts effleurèrent ceux de la jeune fille.

— J'ai peu de temps devant moi, annonça Drusus. Je vais entrer dans la maison des vierges cette nuit.

Valeria tressaillit et serra fort les lèvres jusqu'à ce qu'elles se réduisent à une ligne fine.

— Valeria, dit-il très vite, viens avec moi en Hispanie.

Elle baissa la tête, ses joues s'empourprèrent.

— Je viendrai... si tu le désires.

— Je le désire. Ton grand-père le désirait aussi.

— Tu crois ?

— J'en suis certain. Avant de mourir, le sénateur m'a demandé de te sauver et j'ai juré de le faire, même si je ne comprenais pas de quoi il parlait à l'époque. Ce soir, j'ai compris la signification de ce serment.

— D'accord, je viendrai avec toi.

Valeria sourit, Drusus lui rendit son sourire, et un trouble étrange s'empara des jeunes gens. Ils se rapprochèrent l'un de l'autre comme attirés par un aimant. Valeria tendit les mains que Drusus serra dans les siennes. Leurs regards se mêlèrent. Ils surent alors tous deux que rien ni personne ne pourrait plus les séparer.

Soudain inquiet, Drusus demanda :

— Valeria, pourras-tu sortir de la maison ?

— Je me débrouillerai. Le 7 mai, je pourrai t'indiquer le lieu et l'heure de notre rendez-vous. Mais j'ai besoin de connaître le moyen de te transmettre le message.

— Dans le passage qui se trouve entre l'Argiletum et les Fauces, un cordonnier nommé Lucus tient une échoppe. Transmets-lui le message, et ne te préoccupe plus de rien.

— D'accord. Dis-lui que ce jour-là, une vieille femme lui apportera des sandales à réparer.

La nuit tombait. Drusus consulta la clepsydre qui commençait à égrener les longues heures de la nuit quand un sifflement, celui de Démétrius, traversa l'air comme le vol d'un faucon.

— N'oublie pas. Lucus, le cordonnier... sur les Fauces.

— Je n'oublierai pas.

Cette fois, c'est Valeria qui raccompagna le visiteur jusqu'aux massifs d'hortensias. Une fois Drusus parti, Valeria referma la porte lentement. Soudain, le jeune homme fit volte-face et poussa le battant. Lorsqu'il enlaça la taille de Valeria, les lèvres de la jeune fille cherchèrent les siennes. D'abord timide, le baiser se prolongea en une étreinte douce et harmonieuse.

— Il fait nuit, fit la voix de Démétrius, près d'eux.

Surprise, Valeria s'enfuit. Drusus s'enveloppa dans sa cape de laine.

Secunda vigilia
(entre la 21e et la 24e heure)

La porte du temple se referma derrière moi. Une gigantesque Germaine au teint roux et aux seins généreux réclama, par signes, le silence. C'était la cuisinière, l'amie de Lucus.

— Ne fais pas le moindre bruit. Tu connais la résidence ?

— Oui, j'ai étudié les plans.

— Si on te découvre, tu ne me connais pas. Lucus m'a assuré que tu ne parlerais pas, même sous la torture.

— Sois tranquille.

— Tu dois partir avant la fin de la nuit.

— Je sais.

— Si tu tardes, tu ne pourras plus sortir. La garde est doublée au lever du jour.

La femme disparut comme par enchantement, comme si un mur l'avait avalée. Et soudain, je me retrouvai seul, abandonné à mon sort dans cette demeure inconnue.

La Regia est la résidence du grand pontife, prêtre suprême de Rome. Les *decemviri*, prêtres chargés d'interpréter les livres sacrés, y vivent; le collège sacré des pontifes s'y réunit. De la Regia, on pouvait accéder à la résidence des vestales en longeant une galerie carrelée et située dans un patio carré.

Je devais traverser un couloir long de trois cent quarante-sept pas, selon les indications du plan. Je le suivis en écartant les bras de temps à autre afin de m'assurer que je me dirigeais au bon endroit. Au trois cent quarante-septième pas, mon bras droit effleura une porte. Je la poussai doucement et, comme prévu, elle céda. Je me retrouvai sur un palier carré; je me mis à grimper l'escalier en comptant soixante-neuf marches. Puis un autre escalier et une autre porte. À tâtons, je parvins à l'ouvrir et découvris un palier voûté.

La magnificence de ce corridor flanqué de statues d'albâtre me subjugua. Les murs couverts de fresques rivalisaient avec les stucs peints de la voûte, un faisceau très vif de frondaisons végétales. Les marbres riches du sol brillaient de porphyre et d'or pur. Ce couloir, je le savais, était éclairé toute la nuit par de faibles lampes. À présent, j'en comprenais la raison ; c'eût été un sacrilège de plonger de telles merveilles dans l'ombre.

Un petit banc en acajou incrusté d'ivoire et de nacre invitait à vous asseoir. Je m'arrêtai un instant pour contempler la représentation de Saturne dévorant ses enfants, restituée par les milliers de fragments d'une mosaïque. La bave sanguinolente du dieu m'impressionnait. Je quittai le palier pour me retrouver devant la loge donnant sur le premier patio. Je le traversai et pénétrai dans un passage badigeonné à la chaux. Je me mis alors à chercher le mur creusé de niches où on enterrait les pupilles qui mouraient dans la demeure des vierges. Faisant un effort pour surmonter la peur engendrée par la proximité de ce cimetière, j'attendis que la lune fît son apparition au-dessus du mont Palatin.

Lorsque l'astre froid commença sa course, je sortis de l'énorme niche et gagnai le patio intérieur commun à tous les palais. Le tintement d'une cloche me confirma que les horaires fournis par Lucus étaient exacts. Blotti derrière une colonne, j'attendis la suite des événements.

Au bout d'un moment, des prêtresses apparurent, accompagnées de deux *decemviri*. L'une d'elles agita des palmes et toutes les pièces qui débouchaient sur le patio s'ouvrirent quasiment en même temps. Des filles commencèrent à en sortir, les unes vêtues de tuniques blanches, les autres de tuniques bleues… Elles avaient entre sept et dix-sept ans – les futures prêtresses.

Certaines avaient passé beaucoup de temps au temple, d'autres venaient d'arriver. Je ne les comptai pas mais elles me paraissaient assez nombreuses. Les filles apprenaient le culte de Vesta et s'initiaient aux mystères du temple et du feu. Lorsqu'elles deviendraient prêtresses, elles garderaient vive la flamme sacrée, celle qui ne peut s'éteindre puisque l'essence incorruptible du feu constitue l'essence même de la cité. Mais elles seraient également les gardiennes des livres sacrés et chargées de protéger les testaments. On disait que tous les secrets de Rome se trouvaient dans les archives des vestales.

Recrutées parmi les meilleures familles patriciennes à l'âge de sept ans, elles reçoivent une excellente éducation et, à dix-sept ans, elles se consacrent entièrement au service du temple. Leur pouvoir s'étend à toutes sortes de domaines – y compris l'action politique. Les vestales jouissent d'un si grand prestige que les consuls eux-mêmes les respectent. Lorsqu'une vestale traverse une rue dans sa litière, la foule s'écarte. Celui qui la touche peut être supplicié ; en revanche, si une vestale croise un condamné dans la rue, celui-ci est libéré : tels sont l'autorité et le respect qu'elles imposent.

Je ne comprenais toujours pas comment Porcia avait atterri au temple ni ce qu'elle pouvait chercher parmi des jeunes filles qui font vœu de chasteté de dix-sept à trente ans. Celle qui brisait son vœu était enterrée vivante.

Les fillettes, serrées les unes contre les autres, suivirent les prêtresses et disparurent. Je ne vis pas Porcia parmi elles.

Une demi-heure s'écoula avant qu'elles reviennent par groupes de quatre. Si ma sœur était là, c'était le moment ou jamais de la voir.

J'aperçus enfin Porcia dans le neuvième groupe qui approchait. Les cheveux flottant sur les épaules, sensiblement plus mince, elle portait une tunique blanche. J'eus l'impression qu'elle avait grandi. Pour m'interdire de l'appeler, je plantai mes ongles dans la paume de ma main puis un voile de larmes brouilla mes yeux.

Soudain, une main se ferma sur mon cou. Une pression insupportable sur ma nuque.

— Que fais-tu ici ? rugit un gigantesque Africain. Comment es-tu entré ?

Je ne pouvais ni répondre ni respirer. Je crus que la pression de sa main allait me sectionner la gorge.

« Mon heure est donc venue ! pensai-je en fixant cet homme à la force herculéenne. Cet énergumène va m'étrangler sur-le-champ. »

Alors que mes veines menaçaient d'éclater, j'entendis des pas qui se rapprochaient. Le géant, qui les avait aussi entendus, relâcha la pression. J'expirai enfin l'air contenu dans mes poumons.

Excellence, fit l'esclave d'une voix de basse.

Le prêtre me considéra avec des yeux d'oiseau de proie. Je crus alors que Saturne en personne s'était échappé de la mosaïque.

— Lâche-le.

Le colosse me rejeta avec tant de force que ma tête rebondit par terre.

— Sais-tu ce qui attend l'homme qui ose pénétrer dans l'enceinte des vierges ?

— La mort…, je suppose.

— Tu supposes bien.

— Mais ce n'est pas ce que tu penses, prêtre.

— Quoi qu'il en soit, tu as commis un sacrilège. Et ce sacrilège se paie par la vie.

— Je sais, mais laisse-moi d'abord t'expliquer la raison de ma présence ici.

Le prêtre pivota sur ses sandales puis claqua deux fois des mains. La garde apparut au fond du passage blanchi à la chaux. Quand j'aperçus leurs bottes luisantes, je me mis à crier, à crier de toutes mes forces la formule que j'avais entendue dire par un condamné.

— Prêtre decemvir, écoute-moi. Écoutez, vous tous. *Moi, Drusus Dimitius, suis un pourchassé qui a pénétré dans ce lieu consacré, à la recherche d'un asile. Et dès maintenant, je me mets sous la pro-*

tection de la grande vierge vestale. Au nom du feu sacré, je demande à être conduit auprès d'elle.

La formule fit son effet. Les soldats s'immobilisèrent, le noir me lâcha et le prêtre pivota à nouveau sur ses talons. Quelques minutes plus tard, je rencontrai Claudia Camilla, la grande vestale.

Celle-ci écouta mon récit sans m'interrompre.

— La prochaine fois, dit-elle en réprimant un sourire, appelle avant d'entrer. Cela vaudra mieux pour tout le monde.

D'un pas majestueux, la prêtresse sortit de la pièce. Peu après, je vis Porcia sur le pas de la porte.

— Drusus ! cria-t-elle.

Et nous nous jetâmes dans les bras l'un de l'autre, nous fondîmes en larmes – des larmes pour nos parents, pour oncle Marius, pour les lointains territoires d'une enfance à jamais perdue.

Porcia me raconta comment elle était arrivée ici, comment on les avait retrouvées, Eunice et elle, épuisées, abattues. Depuis lors, elles vivaient parmi les vierges. Porcia avait voulu me faire parvenir un message mais elle avait appris la mort de Flavius, et personne n'avait pu lui indiquer l'endroit où je me trouvais.

— J'ai fini par penser que tu étais mort.

— Pendant ce temps, je te cherchais partout.

Chacun donna à l'autre un récit détaillé des événements.

— Et Eunice ?

— Oh, elle va bien ! Elle s'occupe de moi comme à la maison.

Je lui parlai de la lettre de notre mère.

— Porcia, nous devons embarquer dans sept jours. Nous serons bientôt en Hispanie.

Devant mon air sombre, Porcia fit non de la tête.

— Non, Drusus. Tu iras en Hispanie. Toi et ta Valeria.

— Mais que dis-tu ?

— Tu ne comprendrais pas, Drusus, mais je n'ai envie d'aller nulle part.

— Es-tu devenue folle ?

— Te souviens-tu que je suis allée à Cumes, consulter la sibylle ? Elle m'a révélé ma prophétie.

— Tu n'as jamais cru à ces choses, Porcia.

— Mon frère, chacun croit en ce qui lui convient et s'accroche à ce qui le sert.

Je me souvins de son journal. Je la regardai, je la regardai longuement.

— Porcia, tu as toujours été à la recherche de ton destin, n'est-ce pas ?

— Pas exactement. Disons plutôt que j'ai toujours essayé de m'en libérer.

— Cela ne revient-il pas au même ?

— Non, Drusus, ce n'est pas pareil. Quand les autres tentent de te soumettre, ils t'imposent leur destin, et ce destin t'est étranger.

— Ce sont les règles du jeu.

Porcia rit.

— Pour qui, Drusus ? Qui joue à ce jeu ? À Rome,

seuls les hommes détiennent les bonnes cartes. Et je ne suis pas disposée à jouer une partie que je sais perdue d'avance. La sibylle a prédit que l'eau et le feu seraient mon destin. Mon destin, Drusus ! soupira-t-elle. J'ai fini par le rencontrer.

— Ici ?

— Le feu est ici. Sais-tu ce que signifie être une vestale ?

— Plus ou moins…

— Non, Drusus. Tu n'en as pas la moindre idée, et je ne peux pas te l'expliquer.

— Porcia, insistai-je, m'accrochant à n'importe quelle planche de salut. Porcia, tu ne peux pas être vestale. Tu as déjà treize ans.

— Peu importe. J'en ai discuté avec Claudia Camilla qui est disposée à faire une exception. Elle sait que ma volonté est forte, mon désir sincère. Je serai vestale, mon frère. Et plus encore : je deviendrai grande vestale, j'aurai plus de pouvoir et de dignité que bien des hommes.

— Porcia, tu devras faire vœu de chasteté. Tu ne connaîtras jamais l'amour, dis-je, ému.

— Quel amour, Drusus ? De quel amour parles-tu ? Des bras d'un amant clandestin qui entre furtivement dans ton lit ? Ou des bras d'un mari autoritaire qui impose sa volonté jusqu'à la mort ? Je ne veux pas d'un maître, Drusus. Je veux être la maîtresse de mes actes.

— Tu seras toujours enfermée entre les quatre murs du temple, répondis-je, irrité.

Je ne pouvais me résigner à perdre ma petite sœur.

— C'est le prix de la liberté. Et je suis prête à payer.

— C'est trop cher, Porcia. C'est trop cher payé.

— La liberté, dit-elle en me caressant les cheveux avec la douceur caractérisant les femmes de ma maison, la liberté est en nous-mêmes. Chacun doit la trouver à sa manière.

Nous demeurâmes silencieux, pensifs. Finalement, Porcia dit en riant :

— Écoute, idiot, je ne pourrais plus supporter un *pater familias*, quand bien même il s'agirait de mon propre frère.

Et elle m'assena l'inévitable coup de pied dans le tibia.

Nous discutâmes longuement. Les dernières barrières s'étant effondrées, un courant sincère passait maintenant entre nous. Je connus alors la véritable Porcia, une adolescente courageuse et déterminée qui fit naître en moi un sentiment d'admiration.

Tertia vigilia
(3e heure)

À l'aube, Porcia me conduisit à Claudia Camilla. Je lui parlai du document d'oncle Marius et lui demandai, en tant que grande vestale, de le garder jusqu'à ce que je puisse revenir à Rome. La prêtresse accepta. Je dégageai le parchemin de dessous mes vêtements et le lui remis.

— Drusus, tu ne souhaites pas connaître son contenu ? me demanda-t-elle.

Hésitant, je consultai Porcia qui doutait aussi. Finalement, nous nous décidâmes. Celle qui représentait la plus haute autorité parmi les prêtresses romaines rompit le cachet de cire et les sceaux extérieurs, puis approcha le document de la lumière pour le lire lentement. Son visage devint livide.

— Porcia, Drusus..., dit la vestale d'une voix posée, mais lasse, très lasse. Je crois que vous devez lire cela. Ensuite, Drusus, tu devras prendre une décision.

Elle nous tendit le document. Ma sœur et moi vîmes une liste, une liste interminable. Des noms, encore des noms, des signatures, encore des signatures. Je compris ce qu'oncle Marius avait voulu dire, je compris pourquoi Cinna cherchait ce parchemin avec tant d'acharnement.

— La moitié de Rome est entre tes mains, Drusus, déclara Claudia Camilla.

Elle avait raison.

Plus de deux cents noms. Deux cents noms d'illustres Romains, deux cents personnes qui, au courant de la conjuration, l'avaient soutenue.

J'avais entre les mains le serment des conjurés.

— Par Castor ! Que dois-je faire de cela ? m'exclamai-je, en proie à une grande excitation. Oncle

Marius m'avait dit que ce document pouvait me sauver la vie. Si je montre cette liste à Marc Antoine, que se passera-t-il, Claudia Camilla ?

La vestale se leva lentement et s'approcha de la porte conduisant vers le jardin. Ses yeux fixèrent un point lointain.

— Il te dira que tu as remis entre ses mains ce qu'il cherchait, il t'accordera ce que tu demandes. Tu obtiendras certainement un poste au sénat.

— Et quoi d'autre, Claudia Camilla ? insistai-je.

Ma voix tremblait car je soupçonnais la réponse.

— Tu ruineras beaucoup de patriciens. Des familles entières souffriront l'infortune que vous avez subie. Beaucoup mourront, Drusus Dimitius, mais cela tu le sais déjà.

— Mais il n'y a pas eu de proscrits. Ils ont été amnistiés.

— Ce n'est qu'une décision provisoire. Attends un peu et tu verras : le sang de César va éclabousser beaucoup de monde.

— Méfie-toi des ides de mars ! récita Porcia. Méfie-toi des ides !

— Oncle Marius disait que je devais décider quand le moment viendrait.

— Certes, tu dois décider, rétorqua la vestale. L'heure est venue.

La décision était pénible à prendre. D'un côté, le pardon des miens, mon avenir assuré, la ruine de Cinna, l'amour de Valeria… De l'autre, le souvenir de Flavius Valère le crâne fracassé et, surtout, les paroles d'oncle Marius qui martelaient sans cesse mon esprit : *Si tu te trompes, Drusus, alors... que les dieux te viennent en aide... ! Car personne ici-bas ne te sera d'aucun secours.*

Claudia Camilla fit un signe à Porcia, puis toutes les deux sortirent de la pièce, me laissant seul.

Je sus alors ce que dignité voulait dire, cette valeur sur laquelle reposait toute mon éducation. En ces heures amères, je réalisai également combien il était facile d'être un Cinna, combien le renoncement pouvait être douloureux.

À l'aube, j'avais pris ma décision.

La lumière du jour dissipa les dernières ténèbres. La grande vestale et Porcia entrèrent dans la pièce.

— Je suis prêt.

Elles gardèrent le silence. Je confiai le document à Claudia Camilla qui comprit.

— En es-tu sûr ?

— Oui, dis-je en regardant Porcia que j'incluai dans ma réponse. Nous sommes sûrs.

Ma sœur vint près de moi. Je posai mes mains dans les siennes.

— Il ne peut en être autrement, Drusus.

— Non, il ne peut en être autrement.

— Dois-je garder le document ? demanda la vestale.

J'avais pris une décision définitive que je voulais conduire jusqu'à ses ultimes conséquences.

— Non, Claudia Camilla. Ne le garde pas, brûle-le.

— Si je t'écoute, tu ne pourras jamais plus revenir en arrière.

— Brûle-le. Je préfère ne pas pouvoir me repentir.

La grande prêtresse approcha le parchemin de la flamme. En un instant, deux cents noms se transformèrent en cendres, toute mon ambition fut réduite à une poignée de flammèches.

Je quittai Porcia.

— Avant de partir, je viendrai te dire adieu.

— Je t'attendrai, Drusus.

Démétrius s'impatientait. En m'apercevant, il afficha un air soulagé.

— Il était temps ! Je croyais qu'ils t'avaient pris.

— Moi ?

— Dépêchons-nous, j'ai vu deux types qui ne m'inspirent pas confiance. Je jurerais les avoir vus sortir de la taverne de Brigandix avec Épulon, l'autre jour. Ça ne m'étonnerait pas qu'ils m'aient suivi. Prenons la voie Sacrée, Vitellius doit encore rôder par là.

Nous venions de passer le temple de Janus quand nous tombâmes nez à nez sur Épulon.

D'un mouvement rapide, Démétrius me protégea de son corps. J'entendis le choc métallique des épées.

— Infâme ! rugit Démétrius. Tu vas mordre la poussière.

— Tu n'es plus dans l'arène, vieille carne, rétorqua l'assassin.

Deux secondes à peine, et Démétrius tombait. Puis le sicaire se dirigea vers moi. Un spasme me tenailla. Les dents très blanches d'Épulon brillaient, et pour la seconde fois cette nuit-là, je vis le visage de la mort.

Par terre, l'ancien gladiateur émit un sifflement prolongé. Épulon se retourna. Je profitai de cet instant pour fuir quand je vis la ronde de nuit, au coin de la rue. Les hommes de Vitellius.

Conscient du danger, Épulon, avant de s'enfuir, porta une main à sa ceinture pour tirer discrètement une dague. D'instinct, j'esquivai l'arme qui passa à quelques centimètres de mon corps, déchirant ma cape. Bondissant tel un félin, Épulon disparut dans un lacis de ruelles.

22. VALERIA
PRIDIE NONAS MAIAS
6 mai

Le 6 mai, veille des nones du même mois, Valeria envoya un esclave porter un message au questeur Quintus Sempronius Cinna.

Je désirerais te voir ce soir. Je crois qu'il est temps de préparer notre union, de fixer la date des noces.

Ta Valeria

Puis, sur un petit billet parfumé, elle écrivit :

À la fontaine de Juturne, à midi.

Elle appela Sextina à qui elle remit ce dernier billet.

— Demain, tu iras trouver le cordonnier Lucus sur l'Argiletum et tu lui donneras ceci.

— Ce n'est pas un jour heureux, déclara la vieille femme. Les auspices ne sont pas favorables.

— Sextina, je me moque de savoir si les auspices seront bons ou mauvais demain.

— Eh bien, je ne m'en moque pas, moi. Si la pie tourne à gauche, il faut lui arracher les plumes et les broyer avec du sel.

— Apporte d'abord ce message au cordonnier ; ensuite, tu plumeras tous les oiseaux de la volière si cela te chante.

À la onzième heure, ce même jour, le questeur Quintus Sempronius Cinna entra chez les Arrius avec arrogance, affichant un air de triomphe. Valeria l'attendait.

— Assieds-toi, Quintus Sempronius.

— Tu es ravissante, ma chère.

Elle baissa les yeux comme troublée par le compliment.

— Cela t'embarrasse-t-il que je loue ainsi ta beauté ?

— Un peu.

— Cela démontre en tout cas que tu es vertueuse… Mais il est temps maintenant d'oublier le protocole.

Cinna la prit dans ses bras. Dissimulant mal la répugnance qu'il lui inspirait, la jeune fille opposa une résistance calculée qu'il prit pour de la gêne.

— Allons, allons, ma chère. Bientôt, nous partagerons la même couche.

— Attends alors cet instant, Cinna… Je te le demande.

Valeria dit cela avec tant de douceur, ses yeux étaient si éloquents que le questeur la relâcha sans se sentir pour autant éconduit.

— Je ne forcerai pas ta pudeur.

— Assieds-toi.

Cinna préféra s'allonger sur une banquette.

— Je pense que tu as raison, nous ne devons pas attendre plus longtemps, commença Valeria.

— Puis-je connaître la raison de ce retournement ?

— Quintus Sempronius, continua-t-elle en éludant la question, je suis en deuil. Aussi, je souhaite une cérémonie simple, sans aucun faste. Je ne veux pas non plus de banquet de noce ni d'invités. Uniquement tes parents les plus proches et ma tante Servilia.

— Je n'y vois aucun inconvénient.

— Je te demande de rédiger le contrat de mariage puis de parler au *flamen*, à moins que tu ne préfères un autre genre de cérémonie.

— Non, nous ferons comme tu le désires.

— Alors fixe la date, Quintus Sempronius, répliqua-t-elle en soutenant le regard torve du questeur. Je te demande seulement de me laisser quelques jours pour me préparer.

— Neuf jours te suffiront-ils ?

— Oui.

— Bien, nous nous marierons donc ce mois-ci.

— D'accord, accepta-t-elle en se levant pour lui tendre la main.

Sans crier gare, Cinna bondit de la banquette et, se jetant sur la jeune fille, chercha à l'embrasser. Mais Valeria, habile, se libéra.

— Autre chose, Cinna. Allons-nous vivre dans cette maison ?

— Non. Les premiers jours, nous les passerons chez ma mère. Je veux que tu jouisses de tous les soins d'une matrone d'âge mûr, fit-il en lui adressant un sourire ironique. Je n'ai pas l'intention de te surveiller, Valeria, mais sache que tu devras gagner ma confiance petit à petit. De plus, ma mère t'initiera aux devoirs d'une épouse.

— Je comprends... Tu n'auras jamais à te plaindre de moi, je te l'assure.

Cette soumission le déconcerta.

« Cette chienne arrogante ! pensa le questeur. Elle s'est soumise à moi dès que je l'ai traitée d'une main ferme. Je savais que les quatre murs de sa maison la feraient plier ! Ah, sorcière ! Il n'a pas fallu grand-chose pour te soumettre ! »

Cinna s'éloignait déjà quand Valeria le rappela.

— Quintus Sempronius, si cela ne t'importune pas, j'irai me faire faire quelques vêtements demain. J'aimerais que ta mère m'accompagne ; j'ai besoin de quelqu'un pour m'aider à choisir les soies.

Était-ce le ton de sa voix ? Ou peut-être la précipitation des dernières phrases ? Toujours est-il que l'esprit de Cinna fut mis en alerte.

À présent, le questeur observait la jeune fille. Il remarqua ses mains nerveuses qui jouaient avec une épingle à cheveux. Cela la perdit.

« Tu es enfin découverte. Je ne sais pas quel est ton jeu, petite garce, mais tu tomberas. »

— Ainsi, tu veux aller faire quelques emplettes...

— Si cela ne te semble pas mal, bien sûr.

— J'en ferai part à ma mère, ma chère Valeria.

Cinna s'éloigna sans ajouter un mot. Quand il quitta la maison, un sourire sardonique se dessina sur ses lèvres.

23. *NONIS MAIIS* (Nones de mai) Le 7 mai au matin

Les nones se révélèrent pluvieuses, mais pour moi il s'agissait d'un jour limpide.

Depuis les premières heures du matin, Marcia s'activait dans la cuisine, préparant d'énormes quantités de nourriture.

— Mais Marcia, crois-tu qu'on nous laissera mourir de faim durant la traversée ?

— Du poisson salé, voilà ce que tu mangeras tous les jours.

— Ce ne sera pas suffisant, femme, commenta son mari.

— Je le sais. Drusus, tu ne veux pas que ta mère découvre un fils maigre comme un squelette ! Et je ne veux pas la laisser penser que la vieille Marcia ne s'est pas occupée de toi comme il se doit.

Ses yeux débordant de bonté s'embuèrent et elle sécha ses larmes avec le bord de son tablier.

— Je t'aime comme un fils, Drusus, continua-t-elle.

— Je sais, Marcia. Moi aussi, je t'aime

— Tu reviendras ?

— Bien sûr... À mon retour, vous vous installerez tous à la maison. Tu seras ma gouvernante, et Démétrius se chargera d'administrer ma ferme.

— Tu as déjà Membo.

— Il mènera sa propre vie et aura sa propre maison. Mais vous, vous vivrez avec moi. Ta vieillesse sera paisible, Marcia. Tu seras une matrone respectable, avec des esclaves qui nettoieront ta cuisine.

M'approchant d'elle par-derrière, je passai mes bras autour de sa taille généreuse. Comme Marcia n'opposait aucune résistance, je croquai dans la savoureuse galette qu'elle tenait.

— Laisse ça, protesta-t-elle.

Membo arriva vers dix heures et prépara les bagages. Vitellius et lui devaient partir pour Ostie afin de régler les derniers détails.

Ils remonteraient le fleuve en bateau et reviendraient à l'aube. À la onzième heure, je gagnerais la taverne de Brigandix. Lucus me remettrait alors le message de Valeria, puis nous irions la chercher au lieu du rendez-vous qu'elle avait fixé. Une fois la nuit bien avancée, Démétrius nous attendrait sous la quatrième arche du pont Sublicius pour nous conduire jusqu'à la plage.

24. VALERIA

À la quatrième heure, dame Fulvia, la mère de Cinna, rejoignit la jeune Valeria à la maison des Carmenes. Au même moment, Sextina quitta le vestibule.

— Je vais chez le cordonnier faire réparer les souliers de ma maîtresse, expliqua-t-elle aux hommes du questeur qui surveillaient l'entrée de la maison, en montrant un sac plein de sandales.

La litière transportant Fulvia et Valeria descendit le flanc de la colline sur les épaules des porteurs.

Fulvia contempla la jeune fille, sa future bru, qu'elle connaissait depuis quelques années déjà. Cette union avait été arrangée sept ans auparavant par son mari, le général Sempronius à présent décédé, et le sénateur Flavius Valère. Cinna avait alors vingt-deux ans et Valeria, à peine neuf ans. Tandis que la litière progressait péniblement au milieu de la foule qui, à cette heure, envahissait la rue, la matrone se demandait ce qui se passait dans la tête de l'adolescente qui serait bientôt sous sa responsabilité.

Désires tu te marier, Valeria ? demanda-t-elle brusquement.

— Eh bien..., oui.

— Sais-tu ce qu'est le mariage ? Ce que je voudrais savoir, c'est... c'est si quelqu'un t'a instruite ? Sais-tu ce que l'on attend d'une épouse ?

Valeria réfléchit. Fulvia semblait une femme bonne, une matrone entièrement dévouée à son foyer, à l'éducation des enfants ; une mère qui, étrangère aux intrigues politiques, ignorait la perversité de son fils.

— Je n'en suis pas très sûre, répondit-elle, tentant de gagner sa confiance. Ma tante Servilia m'a parlé des devoirs d'une épouse, mais je suppose que j'ai beaucoup à apprendre... J'espère que tu seras indulgente.

Satisfaite, Fulvia sourit. Son fils lui avait parlé du caractère rebelle de Valeria et lui avait conseillé de la surveiller étroitement.

« Ces temps-ci, Cinna voit des chimères partout », pensa-t-elle.

La litière se balançait dangereusement. Les porteurs la stabilisèrent et, d'un mouvement souple, la déposèrent par terre.

Le quartier Toscan offrait tout un éventail de races, de couleurs. Les commerçants égyptiens vantaient leur marchandise ; les odeurs de la coriandre, du basilic se mêlaient à celles du ladanum* et du sésame de Jéricho. Dans les boutiques d'étoffes, on exposait les plus précieuses pièces de tissu. Fulvia choisit une soie rouge d'Alexandrie et du lin de Dalmatie pour Valeria qui, soumise, ne broncha pas.

Leurs achats terminés et les esclaves s'étant hâtés de récupérer la marchandise après avoir mené l'habituel marchandage, Valeria annonça à Fulvia :

— Mère, si cela ne t'ennuie pas, j'aimerais aller à la fontaine de Juturne afin de profiter de ses eaux lustrales.

— Maintenant?

— Oui, si cela ne te paraît pas inconvenant.

La matrone éprouva un sentiment de tendresse en considérant la jeune fille. Valeria était sans aucun doute une authentique patricienne, et pieuse de surcroît. Elle ne comprenait décidément pas la méfiance de son fils.

La fontaine de Juturne se situait sur le forum, entre le temple de Vesta et celui de Castor et Pollux, à l'entrée de la voie Sacrée. Une fois arrivées à sa hauteur, Fulvia ordonna d'immobiliser la litière, s'installa confortablement et attendit.

La jeune fille gagna la fontaine, dénoua ses cheveux puis trempa les mains dans l'auge en pierre, à l'endroit précis où Castor et Pollux, les dieux

* Ladanum : résine aromatique provenant du ciste, arbrisseau des régions méditerranéennes, employée dans la parfumerie et en médecine. (*N.d.T.*)

jumeaux, avaient abreuvé leurs chevaux. Elle fit ses ablutions les yeux fermés puis les rouvrit. À travers les gouttes d'eau qui glissaient de son front, Valeria aperçut le brillant de leurs bottes dans la foule : armés jusqu'aux dents, les hommes de Cinna se dirigeaient droit sur elle.

Vite, Valeria pivota pour se jeter dans la litière.

— Mère, s'il te plaît, entrons dans le temple de la déesse.

— Le temple de Vesta ? s'étonna Fulvia.

— Oui, mère. Je désire me prosterner devant l'autel de la déesse et lui présenter mes mains mouillées comme un symbole de virginité.

La matrone grimpa difficilement le perron du temple puis, s'installant sous la colonnade, défit le cordon de sa ceinture. La fraîcheur du portique était fort agréable en cette journée très chaude.

— Ne tarde pas, Valeria.

— Ne t'inquiète pas, mère. Je reviens immédiatement.

Tel un automate, Valeria pénétra dans l'enceinte circulaire limitée par vingt colonnes corinthiennes. Au fond brillait la flamme sacrée du feu perpétuel. Valeria savait qu'elle n'avait pas le droit d'entrer dans le sanctuaire ni d'approcher le feu. Pourtant, les hommes de Cinna l'attendaient, dehors... Ils avaient donc compris sa manœuvre.

— Drusus, Drusus ! gémit-elle.

Valeria se prosterna aux pieds de la statue de Vesta qui se dressait dans l'atrium. Désespérée, perdue, la jeune patricienne récita la prière de la terre et du pain.

Ne quitte pas ta demeure, ô Vesta.
Que la machine concave broie la dure céréale
Et que le blé moulu
À la main soit cuit au feu du four.

La voix de Valeria retentissait à travers la colonnade. Après quoi, la jeune fille commença à déclamer la prière des vierges.

Ô déesse, reçois en ton autel
Ce corps purifié par les eaux !
Je t'offre dans mes mains mouillées
La chasteté des anciennes jeunes filles.

Dame Fulvia entendait la voix qui se faisait insensiblement plus basse et lointaine. Comme un profond assoupissement l'envahissait, elle se laissa envelopper par l'indolence de midi, quand les hommes de Cinna grimpèrent d'un bond le perron du temple.

— Salut, *domina**. C'est ton fils, le questeur, qui nous envoie. Où est la jeune fille ?

— À l'intérieur, dans le vestibule du sanctuaire.

Comme le temple était strictement interdit aux hommes, le chef du groupe lui demanda :

* *Domina* : maîtresse.

— Appelle-la, maîtresse. Nous obéissons aux ordres de Cinna.

— Valeria ! Valeriaa... !

Seul le silence lui répondit.

Puis la silhouette d'une vestale se découpa au seuil du vestibule.

— Désires-tu quelque chose, illustre dame ?

— J'attends une jeune fille.

— Une jeune fille ?

— Oui, vestale. Elle est entrée faire une offrande.

— Il n'y a aucune jeune fille dans le temple.

— C'est impossible, vestale... elle est entrée, je l'ai entendue faire son offrande à la déesse. C'est une jeune fille mince...

— Ah, oui, celle-ci ! Elle a en effet prié puis, après avoir fait son offrande, elle est sortie.

— C'est impossible. Je n'ai pas quitté cet endroit une seule seconde.

— Eh bien, elle est partie.

Tendant le bras, la prêtresse pointa le lointain.

— Regarde, n'est-ce pas cette jeune fille ? Celle vêtue d'une tunique jaune ?

Les hommes de Cinna repérèrent la direction indiquée par la vestale puis dévalèrent subitement les escaliers.

En proie à une nervosité croissante, dame Fulvia se mordit les lèvres et se tordit les mains. Elle n'avait pas bougé d'ici, c'était certain, mais elle avait somnolé... Valeria avait agi à ce moment-là. Bref, cette petite s'était jouée d'elle ! Dieux, qu'allait dire son fils ?

Alors que le soleil de plomb frappait les rostres, le héraut, qui se tenait à la porte de la Curie, annonça que ce jour entrait dans sa septième heure. Midi.

25. *NONIS MAIIS* Entre la matinée et la soirée du 7 mai

Je m'arrêtai sous le linteau de la porte, où un chat famélique chassait les puces de son pelage. Je ne percevais pas le brouhaha habituel de la taverne. Dès que j'eus franchi la porte, je pressentis que quelque chose ne tournait pas rond. La taverne était plongée dans l'ombre ; seule la lumière vacillante d'une chandelle éclairait le visage de Brigandix qui essuyait les verres, derrière le comptoir. J'aperçus deux silhouettes accoudées sur des tonneaux et, au fond, le visage de Lucus qui me jetait un regard suppliant. Son silence me fit un coup au cœur. Je voulus faire marche arrière, mais il était trop tard. La porte se referma avec fracas et des hommes fondirent sur moi.

— Rends-toi ! fit une voix derrière moi.

C'est alors que je les vis. Six hommes, l'épée à la main.

La cohorte prétorienne m'encerclait.

— Pourquoi ? criai-je.

— Au nom du sénat et du peuple de Rome, nous t'arrêtons.

Les soldats me traînèrent dehors. L'un d'eux me ligota les mains derrière le dos, un autre me bâillonna, un troisième m'enfila un sac sur la tête.

Je sentais les secousses du véhicule roulant à vive allure, j'entendais les cris des passants, les jurons des soldats…

Longtemps après, ils me jetèrent brutalement hors du véhicule pour me traîner je ne sais où.

J'étais plongé dans la terreur de la nuit.

Lorsqu'ils ôtèrent le sac et le bâillon, je découvris une cavité exiguë et, face à moi, une silhouette drapée dans une cape noire qui se déplaçait lentement ; le visage de Cinna s'approcha du mien. Je fermai les yeux très fort.

Lorsque je les rouvris, le questeur était toujours là. Je tentai d'échapper à ce cauchemar mais le visage de l'assassin me poursuivait, ce visage qui hantait mes rêves, alimentait mes insomnies. J'avais fini par tomber dans les mains de l'illustre questeur de Rome.

— C'est terminé, dit-il. Tu comprends ?

J'acquiesçai et réprimai une envie de lui cracher à la figure.

— Bien. Où l'as-tu caché ?

— Quoi ?

Cinna était si proche de moi que son haleine se mêlait à la mienne.

— Il semble que tu n'aies pas compris... Le jeu est terminé.

— Je ne sais pas de quoi tu parles.

— Si, tu le sais. Tu le sais parfaitement. Je veux le parchemin, le document que ton oncle t'a confié.

— Mon oncle ne m'a remis aucun document.

— Alors c'est Flavius Valère qui te l'a donné.

— Tu te trompes, questeur, je t'assure. Le sénateur ne m'a rien confié.

— Tiens donc ! Alors pourquoi t'es-tu enfui la nuit de l'attaque ?

— Je pensais que c'était la garde... À cette époque, rappelle-toi, j'étais proscrit.

Cinna commençait à s'impatienter.

— Écoute, idiot, je ne perdrai pas une minute de plus avec toi. Ou tu me donnes le document, ou tu meurs étranglé cette nuit même.

Je tâchai de garder mon calme.

— Je ne veux pas mourir étranglé.

— Bien, je vois que tu deviens raisonnable.

— Cinna, je n'ai pas cet écrit, à moins que... Cinna, il est possible que le document soit chez les vestales.

— Les vestales ? Tu mens !

— Non. Je l'ai remis en main propre à la grande vestale.

— Quoi ?

— Oncle Marius m'a confié un rouleau scellé avant de mourir. Croyant qu'il s'agissait de son testament, je l'ai porté à la grande vestale puisqu'elle est la gardienne de ces documents.

— Pour quelle raison as-tu fait cela ?

— Comme je devais me cacher, je pensais que c'était le seul moyen de protéger les biens de ma famille.

— Cet écrit n'est pas un testament ! rugit Cinna.

— Je le croyais. C'est pourquoi je ne comprenais pas de quoi tu parlais... Mais dis-moi, questeur, qu'y a-t-il de si important dans ce parchemin ?

Cinna se mordit les lèvres pour contenir sa rage puis me fixa. J'évaluai la situation ; ma vie ne tenait qu'à un fil ténu. Si le questeur croyait en mon histoire, peut-être me laisserait-il la vie sauve. Sinon, j'étais un homme mort.

Puis, brutalement, il changea de conversation. Il aborda un sujet auquel je ne m'attendais absolument pas.

— Et Valeria ? lâcha-t-il.

— Valeria ?

— Ne me dis pas que tu ne la connais pas.

— La nièce de Flavius ? Je la connais... Je croyais que vous alliez vous marier.

— Elle va m'épouser. Valeria et sa fortune seront bientôt à moi. Votre jeu à tous deux est fini, terminé !

Cinna déplia un petit papier qu'il me mit sous

les yeux. L'espace d'un instant, le parfum de Valeria m'enivra. Je lus le billet.

À la fontaine de Juturne. À midi.

Je ne pus me retenir.

— Où est Valeria ? Comment as-tu eu ce message ?

— Oh, cela a été très facile. Mes hommes ont suivi la vieille. La harpie avait fourré le papier dans une sandale. Puis ils ont suivi le cordonnier qui nous a conduits jusqu'à la taverne. Sans le savoir, il nous a menés jusqu'à toi. La suite, tu la connais.

— Qu'as-tu fait de Valeria ?

— Pour l'instant, rien. Mes hommes sont allés au rendez-vous à ta place. À l'heure qu'il est, elle doit être chez ma mère. Je lui offrirai la nouvelle de ta mort, un beau cadeau de noces, n'est-ce pas ?

— Cinna, si tu veux ce document, je te le donnerai, dis-je.

— Comment ?

— Demain, nous demanderons une audience à Claudia Camilla, la grande vestale, et nous le récupérerons.

— Quelqu'un d'autre sait-il que la grande vestale est en possession de ce document ?

— Personne n'est au courant, sauf moi.

— Alors, toi seul peux le réclamer.

— En effet.

Le questeur éclata de rire. Il riait encore et encore, en pointant sur moi un doigt accusateur.

J'étais perdu.

— Parfait. Ce parchemin dormira au fond du temple de très très nombreuses années encore… Car Drusus Dimitius Manlius – c'est bien ainsi que tu te nommes, n'est-ce pas ? – n'ira jamais le récupérer.

Lorsque je compris, il était trop tard. À ce jeu risqué, j'avais fini par signer ma propre sentence de mort.

— Demain, Drusus Dimitius, tu ne seras plus de ce monde.

Sur ces mots, il sortit de la cellule sans cesser de rire puis ferma la porte. J'entendis le grincement des verrous.

— Étranglez-le à l'aube ! cria-t-il.

Son rire sinistre se perdit dans le couloir.

26. *NONIS MAIIS*
Soir du 7 mai

J'examinai la petite pièce obscure et humide. Pas de doute, je me trouvai dans un cachot.

Je frappai à la porte. Le geôlier ouvrit un battant garni de barreaux de fer puis la porte elle-même.

— Où suis-je ?

— Au Tullianum, répondit-il.

Jupiter tout-puissant ! J'étais perdu au fond d'une oubliette et personne ne savait où je me trouvais.

— Peux-tu laisser la porte ouverte ? Je te donnerai de l'argent.

— Bien. Mais un moment seulement.

Je me laissai tomber sur la paille qui tapissait le sol. Je pensai à Valeria, à Porcia qui, en cet instant, m'attendait.

« Ils vont m'assassiner ! »

C'est alors qu'une idée me vint à l'esprit.

J'appelai à nouveau le geôlier.

— Veux-tu gagner une belle somme d'argent?

— Combien?

— Dis-moi ton prix. Ma fortune est considérable.

— Que dois-je faire?

— Porter un message.

Le gardien secoua la tête.

— C'est beaucoup trop dangereux.

— Personne ne le saura. Je veux simplement faire savoir à mes amis que je suis ici. Mes amis sont puissants.

— Où dois-je aller?

Je lui indiquai le chemin de la taverne et le nom de Brigandix.

— Demande après Démétrius, lui dis-je. Il te paiera largement pour ce service.

L'homme me considéra avec curiosité.

— Je ne pourrai pas sortir avant la première veille, au changement de garde... C'est à ce moment-là qu'ils doivent te tuer.

— Je sais.

— Ils t'étrangleront – ordre secret du questeur.

— Personne ne m'a jugé. La justice est morte à Rome.

— Cette justice a toujours eu cours à Rome. De plus, personne ne saura comment tu es mort. Ils jetteront ton corps par-dessus la falaise.

— Toi, tu le sauras, geôlier.

Il soutint mon regard.

— Qu'as-tu fait ?

— Rien, je n'ai rien fait. Je suis un obstacle sur son chemin, voilà tout.

— Ah… Bon, je vais t'aider, au risque de perdre la vie. Tu es trop jeune pour mourir étranglé, et les assassinats nocturnes me répugnent. Mais écoute-moi bien, je ne ferai rien d'autre que porter ton message.

— C'est tout ce que je veux.

Le soleil se dissimula entre la colonne Menia et la prison. Le héraut annonça la dernière heure du jour.

Secunda vigilia

(Entre la 21e et la 24e heure)

Au fur et à mesure que s'écoulaient les heures, l'espoir s'évanouissait. Tout était inutile. Mes amis ne pourraient rien pour moi, Cinna était trop puissant.

D'abord un murmure lointain, puis des bruits de pas.

« Ils sont là. Ils viennent me chercher. Mon heure est venue. »

Je tentai de me redresser mais mes muscles ne m'obéirent pas. L'indifférence est si confortable, la léthargie si douce…

Les geôliers se levèrent et saluèrent le centurion.

— *Ave*.

— Le prisonnier conduit par Cinna est-il ici ?

— Oui, centurion.

— Je viens le chercher.

— Où sont les ordres écrits ?

— Tiens.

— Ce n'est pas la signature du questeur Quintus Sempronius Cinna, remarqua un geôlier.

— Non, c'est celle de Marc Antoine.

À ce nom, les gardes se mirent au garde-à-vous.

— Le consul ?

— En personne.

— Parfait, centurion. Le prisonnier est à toi.

Ils ouvrirent la grille.

J'étais tout bonnement éberlué.

— Détachez-lui les mains, ordonna Proculus. Et mettez-le debout. Quant à toi, jeune homme, me dit-il, tu dois me suivre.

Nous traversâmes rapidement et sans un mot le couloir lugubre. Je tâchais de réfléchir mais mon esprit demeurait complètement vide. Quelques minutes plus tard, Proculus désigna une cavité creusée dans la muraille.

— À présent, ne pense même pas à respirer. Nous allons passer par ce trou. Un faux mouvement et nous sommes morts.

Nous rampâmes pour nous introduire dans une énorme crevasse. Devant moi, Proculus sortit du trou et me tendit les mains.

De l'autre côté de la muraille, un légionnaire nous attendait.

— Tu as tardé, centurion.

Nous empruntâmes l'étroit sentier séparant les

murs de la falaise, puis descendîmes la roche escarpée sans jeter un œil à l'abîme. Il nous fallait encore atteindre l'esplanade inférieure puis la chaussée exiguë entre les arbres. Au bout de cette dernière, deux autres légionnaires nous attendaient.

— Ouvrez la porte ! ordonna Proculus.

Les légionnaires ouvrirent une porte en fer clôturant la chaussée. J'aperçus alors Lucus assis sur sa charrette.

— Monte, me dit-il.

Je me tournai vers Proculus.

— Merci, centurion.

— Salut à toi !

— Comment pourrais-je te remercier ?

— Rien de plus facile : quand tu seras un personnage important, souviens-toi que tu as une dette envers moi.

J'étais en train de grimper dans la charrette de Lucus quand une chose me tracassa.

— Proculus, appelai-je.

— Oui.

— Comment les as-tu obtenus ?

— Quoi ?

— La signature, les sceaux de Marc Antoine. Comment les as-tu obtenus ?

— Ah… ! Ce n'était pas très difficile. Je range son bureau tous les jours, et tous les jours, il signe des documents. Le sceau était là. C'est comme ça…

— Je ne voudrais pas être la cause de problèmes.

— Ne t'inquiète pas. Seul le questeur savait que

tu étais prisonnier au Tullianum. Ces choses ne sont pas arrivées, donc personne n'en parlera.

— Et Cinna ? Ne le crains-tu pas, Proculus ?

— Non. S'il allait plus loin, il courrait à sa perte. Je suis un centurion au service direct du consul. Si Cinna apprend que je suis au courant de toute cette affaire, c'est lui qui paniquera.

— Quel dommage ! m'exclamai-je.

Nous nous donnâmes une vigoureuse accolade.

— Ne te fais pas de soucis, Drusus. Tôt au tard, quelqu'un lui réglera son compte.

Lucus stimula sa mule qui se dirigea vers le Capitole et la demeure des vestales.

27. *NONIS MAIIS TERTIA VIGILIA*
Entre la 24e et la 3e heure

La résidence des vestales se dressait, tel un phare au cœur de la nuit. Lucus fit le tour de l'édifice puis s'engagea dans la ruelle menant au temple et par laquelle on gagnait directement les dépendances de service.

J'entrai à nouveau par les cuisines mais, cette fois, on m'attendait. Un decemvir me guida vers une pièce adjacente où Porcia s'impatientait.

— Drusus, tu n'es pas sérieux, gronda ma sœur. Tu es toujours en retard.

— Oh, Porcia, Porcia ! m'exclamai-je. Cinna tient Valeria.

— Drusus, il est très tard. Si tu ne te rends pas à Ostie dès l'aube, tu manqueras la bateau.

— As-tu entendu ce que j'ai dit, Porcia ?

— Tu vas manquer le bateau.
— Je ne prendrai pas ce bateau.
— Bien sûr que si, Drusus, tu le prendras.
— Mais tu ne comprends donc pas, Porcia. Cinna tient Valeria et je ne partirai pas sans elle.
— Tu l'aimes tant?
— Je l'aime.
— Au point de risquer ta vie pour elle?
— Et la perdre s'il le faut.
— Tu peux sortir! cria soudain Porcia. C'est bien ce que tu voulais entendre, n'est-ce pas?
— Valeria! m'exclamai-je, la voix brisée. Valeria!
Et elle se précipita dans mes bras.

Valeria me relata les derniers événements. Lorsqu'elle avait récité la prière des vierges dans le temple de Vesta, sa voix s'était faite si déchirante, si émouvante que la vestale qui ravivait le feu sacré en avait été ébranlée. Valeria lui avait alors raconté son histoire, précisant que Porcia était ma sœur. Puis la vestale l'avait introduite dans le temple par une porte dérobée, derrière l'autel de la déesse. C'est cette même prêtresse qui avait égaré les hommes de Cinna.

— Tu aurais dû les voir! rit Porcia. Ils couraient derrière toutes les filles en tunique jaune!

— Mais comment se fait-il que les hommes de main de Cinna l'aient crue? m'étonnai-je.

— Comment ne pas croire une vestale? répliqua Valeria.

— Elle aurait pu mentir...

— Une vestale ne ment jamais, intervint Porcia avec ironie. Sauf dans les cas extrêmes. Visiblement, ces hommes ne connaissaient pas cette exception à la règle.

La lune était déjà très haute dans le ciel lorsque je rejoignis Lucus, dans la cuisine. Selon lui, il était inutile de tenter de rejoindre le pont Sublicius à cette heure-ci. Le seul moyen d'éviter la canaille de Cinna était de contourner les remparts, ce qui prendrait toute la nuit.

Porcia trouva la solution.

— Vous passerez par les égouts, dit-elle.

— Les égouts ? répétai-je surpris.

— Te souviens-tu de la manière dont je suis arrivée jusqu'ici, Drusus ?

— Oui, par les galeries souterraines.

— Je t'avais dit qu'on entendait le bruit de l'eau...

— Oui.

— C'est l'eau des égouts. Dans toute la ville, de petites canalisations déversent leur eau dans de plus grandes qui, à leur tour, se jettent dans le fleuve.

Bien sûr ! Je le savais. Les dépressions entre les collines sur lesquelles Rome s'élève, et surtout la cuvette du forum, sont particulièrement humides. Jadis, un réseau d'égouts avait été creusé – réseau qui, avec les passages secrets, constituait la Rome souterraine.

— Écoutez-moi attentivement, continua Porcia.

Suivez toujours le cours de l'eau et longez toujours les tunnels larges. Le grand égout* est très proche, juste sous la basilique Julia. Le grand cloaque vous conduira au fleuve. La sortie se trouve sous le pont Sublicius, presque au bout du souterrain. Ne le quittez pas avant, sinon vous ne trouveriez pas le pont. D'accord?

— Compris.

— Il faut vous munir de corde et d'une lanterne. Ne gaspillez pas la lumière car le parcours sera long. Et souvenez-vous toujours d'une chose : vous devez suivre le grand cloaque car aucun autre chemin ne vous mènera aux quais.

Je quittai Lucus qui essaierait d'atteindre la plage par ses propres moyens. S'il se faisait arrêter, si on fouillait sa charrette, on ne trouverait que du grain et des légumes pour le marché.

Porcia nous conduisit jusqu'aux galeries souterraines du temple. Elle ouvrit une trappe qui cachait un escalier abrupt.

— C'est ici qu'on m'a trouvée, expliqua-t-elle. À présent, partez.

Valeria la serra dans ses bras puis descendit les premières marches. Je compris qu'elle voulait nous laisser seuls. Je pris Porcia par les mains.

— Tu ne regretteras pas ta décision, petite sœur?

— Non, Drusus.

* *Cloaca maxima* : grand égout construit sous Tarquin l'Ancien (616-578 av. J.-C.).

— Que dois-je dire à maman ?

— Je lui ai écrit une longue lettre. Elle comprendra, elle viendra me rendre visite... et toi aussi, mon frère. Bientôt, nous serons à nouveau réunis.

— Drusus ! appela Valeria. Viens, s'il te plaît. Il fait si sombre !

Porcia et moi nous fondîmes en une étreinte qui semblait ne jamais devoir finir. Je sentis quelque chose d'humide sur son visage. Puis ma sœur s'éloigna rapidement.

Quartia vigilia
(entre la 3e et la 6e heure)

Je cherchai la main de Valeria à tâtons.

— Allume la lampe, Drusus.

— Pas encore. Porcia a conseillé d'économiser la lumière.

Nous continuâmes à descendre jusqu'à l'endroit où les vestales avaient trouvé Porcia et Eunice.

Il y avait suffisamment d'espace pour nous permettre une marche aisée. Au fur et à mesure, nos yeux s'accommodèrent à l'obscurité et, bientôt, purent percer les ténèbres. Le corridor se rétrécit en un étroit passage et, au bout d'un moment, nous entendîmes le clapotis de l'eau.

— C'est le chemin, murmurai-je. C'est par là que nous atteindrons les égouts.

Le couloir semblait infini ; tantôt il se rétrécissait, tantôt le plafond s'abaissait – ce qui nous obligeait à marcher courbés. Bientôt, le sol fut inondé. J'allumai la lampe ; je découvris alors un canal souterrain qui courait près de nous, nous trempant les pieds.

— Colle-toi au mur pour ne pas glisser, conseillai-je à Valeria.

Elle obéit mais je perçus un léger tremblement qui agitait son corps. Par moments, l'air se raréfiait.

Soudain, une chose nous doubla rapidement. Valeria ne put réprimer un cri. C'était un rat dont les yeux brillaient dans l'obscurité. Peu à peu, l'eau devint un lac noir et bourbeux.

Nous atteignîmes enfin la bifurcation, un carrefour de galeries qui s'entrecroisaient et partaient en de multiples directions. L'humidité transperçait nos corps, une odeur pestilentielle jaillissait des entrailles de la terre.

— Et maintenant, quelle direction prendre ? demanda Valeria.

Sa voix avait un accent de panique qu'elle ne parvenait plus à dissimuler.

— Nous ne pourrons jamais sortir d'ici, Drusus. Nous ne trouverons jamais la sortie.

Je projetai la lumière à droite. Devant nous s'ouvrait un passage voûté si étroit que l'on ne pouvait s'y engager que l'un après l'autre. Pourtant, mon instinct me disait que c'était le chemin.

— Par là.

— En vois-tu le bout ?

— Non, mais nous avons toujours progressé en ligne droite. Si nous tournons à droite maintenant, je crois que nous nous dirigerons vers le temple de Pollux. L'important est de ne pas perdre l'orientation.

Je mentais comme un arracheur de dents. Qu'aurais-je pu savoir de ce monde inconnu et lugubre ! Nous cheminions dans les profondeurs de la terre, mais je n'avais pas la moindre idée du tracé de cette Rome parcourue d'eaux fangeuses et peuplée de rats. La seule chose que je savais, c'est que nous étions au cœur du réseau d'égouts de la ville et que nous devions coûte que coûte atteindre le grand cloaque débouchant dans le fleuve.

— J'ai mal à la tête, se plaignit Valeria.

L'air commençait à se raréfier. Si nous tardions à croiser une grande galerie, les gaz dégagés par les eaux stagnantes allaient nous empoisonner.

L'étroitesse du tunnel nous obligeait à progresser lentement et, parfois, à ramper ou marcher à quatre pattes. J'avançais en attendant sans cesse Valeria, et priais toute l'assemblée de l'Olympe pour qu'elle empêche les rats de croiser notre route. Je craignais en effet que Valeria ne fût pas capable de le supporter. J'éclairai le passage devant nous pour ne distinguer, au fond, que de profondes ténèbres.

— La fin du tunnel, murmurai-je.

— Je ne veux pas y aller, gémit Valeria.

— Courage ! Le plus dur est derrière nous…

— Mais nous ne savons pas ce qu'il y a devant nous, Drusus. Je ne me jetterai pas dans cette obscurité.

— Il faut que l'on s'approche pour découvrir ce qu'il y a au fond.

Quelques minutes plus tard, nous nous tenions au centre d'un carré. Un énorme trou perçait l'une des parois ; c'était l'ombre confuse que nous avions aperçue depuis le tunnel.

— Valeria, nous devons franchir cette ouverture. Je vais l'éclairer.

Fermant les yeux, Valeria me serra les bras.

— Non, n'y va pas ! Je ne veux pas voir ce trou !

— Nous ne pouvons pas rester ici ni plonger dans le noir.

— Oh, Drusus, c'est sûrement un marécage, un abîme, un gigantesque nid de rats... Drusus, murmura-t-elle si bas que j'avais peine à l'entendre, Drusus, et si c'était la descente aux Enfers ?

— Ne fais pas l'idiote. C'est un égout, pas le royaume de Pluton !

— Nous sommes peut-être morts... nous sommes peut-être nos propres fantômes.

Je me mis à rire pour dissiper les craintes de Valeria, mais mon rire sonnait diablement faux. Sans pouvoir m'en empêcher, je me souvins d'un passage de l'*Odyssée** où le héros descend aux Enfers

* *Odyssée* : épopée grecque d'Homère relatant le retour d'Ulysse à Ithaque après la guerre de Troie. (*N.d.T.*)

et parle aux esprits des ancêtres. Une sueur froide me dégoulina dans le dos. Puis j'entendis le couinement perçant d'un rat derrière nous. Valeria bondit.

— Les rats ! hurla-t-elle, oubliant immédiatement les Enfers.

La lumière de la lanterne fit apparaître une sorte de gouffre ou un cratère d'un ancien volcan.

— Qu'est-ce que c'est, Drusus ?

Je pris Valeria par la main et nous descendîmes le talus escarpé. Une rafale d'air pur caressa nos visages et, à quelques coudées au-dessus de nos têtes, je découvris le ciel nocturne et froid.

— Par les dieux ! m'exclamai-je. Nous sommes dans le lit de l'ancien lac Curtius, juste sous la margelle.

Valeria et moi débordions d'une joie sauvage ; nous nous trouvions sous le forum, à l'endroit où nos ancêtres avaient asséché le lac pour construire le grand cloaque et planter l'olivier, le figuier à l'ombre desquels nous nous étions tant de fois reposés.

— Grimpons, dit Valeria. Sortons par la margelle.

L'espace d'un instant, je me laissai séduire par sa proposition. J'éclairai la pente en essayant de trouver une sortie.

— Regarde ! s'exclama-t-elle en désignant un point. La pente est plus douce par là.

Nous commençâmes à monter quand, soudain, je me souvins des paroles de Porcia : nous devions trouver le grand cloaque et le suivre jusqu'au bout si nous voulions atteindre le pont Sublicius.

Je saisis Valeria par le bras et nous redescendîmes.

— Il ne faut pas sortir par la margelle, dis-je.

— Pourquoi ?

— Nous devons rejoindre le Tibre.

— Mais…, balbutia Valeria qui avait compris. Nous y arriverons peut-être par le forum.

— Non. Nous ne pouvons nous exposer au danger. De plus, le temps nous est compté. Nous sortirons du grand cloaque à l'endroit précis où Démétrius nous attend. C'est le seul moyen, Valeria.

Vaincue, elle me suivit. Ses yeux fixèrent un point du firmament.

— Je sais que tu as raison, Drusus ; mais le courage me manque… Je ne veux pas retourner dans ces tunnels remplis d'eau, d'odeurs puantes, de rats… Jamais je n'y arriverai !

— Nous réussirons. Je ferai tout pour que nous y parvenions.

Nous empruntâmes une galerie centrale mesurant presque neuf coudées de large qui courait entre deux canaux. Nous devions être sous la basilique Julia encore en construction. En continuant à gauche, on gagnerait le fleuve.

Enfin, nous nous retrouvâmes au centre même du grand cloaque qui menait directement au Tibre.

Soudain, l'égout se transforma en un fleuve – un grand flot de boue et de vase dans lequel l'eau confluait en tombant à verse des canaux plus étroits situés plus haut. Bien que la galerie s'élargît, l'eau s'infiltrait de toutes parts. Valeria et moi étions trempés. Sous nos pieds, le sol était couvert de limon glissant qui nous retardait. L'angoisse nous empêchait de respirer même si l'air, à mesure que nous progressions, devenait de plus en plus frais. De temps à autre, nous sentions le contact d'un rat sur nos chevilles, mais ces rongeurs avaient cessé de nous inquiéter. À tous moments, en effet, le grand puits noir de Rome pouvait nous engloutir, et les milliers de bestioles des marais nous dévoreraient. Nous parcourûmes le dernier tronçon, tels des automates. Nous n'avions plus peur de rien, encore que l'instinct de survie nous fît avancer collés l'un à l'autre.

C'est alors que nous perçûmes le murmure d'un courant et que la clarté diaphane du jour fit apparaître une grille ouverte. Que nous entendîmes Démétrius qui nous appelait. Deux pas encore et le sort commencerait à nous être favorable.

C'est alors qu'Épulon surgit de l'obscurité…

Sa dague me frôla, comme l'autre soir, mais cette fois, elle ne déchira pas ma cape.

Le corps de Valeria se plia tel un jonc brisé par le vent. Son corps fut pour moi comme un duvet chaud. Valeria s'effondra sans pousser le moindre gémissement.

Pris d'une rage sauvage, je me jetai sur Épulon.

Nous roulâmes tous deux sur le sol, en une lutte acharnée, inégale. Le meurtrier m'immobilisa immédiatement et serra ma gorge. J'essayai de me débattre en me tordant comme un reptile en fureur, mais ses doigts s'enfonçaient dans mon cou. Bientôt, un rideau opaque voila mes yeux, et je sombrai dans la douce léthargie précédant le néant. Puis je sentis ses doigts devenir mous. Épulon s'écroula sur moi comme un volumineux fardeau.

Je me redressai péniblement et, dans un effort surhumain, tentai de me dégager. De mes bras, je poussai encore et encore. Je repliai mes jambes puis les détendis d'un coup sec avec toute l'énergie possible. Le poids mort de cette sangsue roula enfin sur le côté ; je vis le poignard de Démétrius planté dans le dos du sicaire.

Je me relevai d'un bond. Le cadavre continuait de rouler et finit par tomber dans la vase fétide et la pourriture. La cape flotta quelques instants puis le courant emporta avec lui le corps d'Épulon qui s'enfonça pour l'éternité dans les eaux du Tibre.

Je me précipitai vers Valeria, qui gisait inanimée sur les dalles froides. Démétrius surgit près de moi et m'aida à transporter le corps frêle jusqu'à la rive. Mon ami la prit dans ses bras.

— Bâtard ! hurla-t-il. Ce bâtard est bel et bien mort. Que cette charogne soit mille fois maudite !

De ces moments amers, je n'ai gardé que le souvenir du contact froid du sable, du crissement des galets, du bruit des rames frappant l'eau. D'un sifflement aigu, et du groupe qui, entre la lumière et l'ombre, courait à perdre haleine sur la rive pour nous rejoindre. Un brouillard m'enveloppa.

Je perdis conscience.

Lorsque je me réveillai, je vis le doux visage de Marcia, je sentis l'odeur âcre de son corps.

— Oh, Marcia, Marcia ! bredouillai-je entre mes sanglots.

Elle me berça dans ses bras puissants, ses seins généreux abritèrent ma détresse.

— C'est fini, mon garçon. C'est fini.

Une demi-heure plus tard, Valeria reposait au fond de la barque, sous une couverture. Sa chemise n'était qu'une tache rouge, son pouls un léger battement. Mes amis avaient réussi à contenir l'hémorragie. Brigandix assura que la dague n'avait touché aucun organe vital.

— Elle s'en sortira, dit Vitellius. La blessure n'est pas profonde.

J'étreignis mes amis tour à tour. Lucus, le cordonnier. Brigandix, le tavernier venu de Gaule cisalpine. Vitellius, le vigile de nuit et, à l'occasion, pompier. Marcia, ma seconde mère. Et surtout, Démétrius.

— Au revoir, mes amis. Jamais je ne vous oublierai. Nous nous reverrons – je vous le jure.

— Par Jupiter ! Va-t'en maintenant ! tonna

Démétrius d'une voix rauque. Le bateau ne t'attendra pas éternellement.

Membo sauta dans la barque et empoigna une rame. Assis au fond, je posai prudemment la tête de Valeria sur mes genoux et caressai ses cheveux.

Les rames plongèrent dans l'eau. Cinq silhouettes se dessinaient sur la rive.

— Au revoir, compagnons ! Que les dieux vous prêtent longue vie !

Je me souvins alors de cette phrase qui figurait dans le journal de Porcia :

Pourquoi devons-nous vivre le cœur divisé ?

Épilogue

Mon oncle était mort la nuit du 15 mars, 465 années après la chute du dernier roi de Rome, 709 années après la fondation de la ville, le jour de l'assassinat de Jules César au sénat.

Aux ides.

Mon oncle s'était supprimé. Ma sœur Porcia et moi avions guidé sa main, et cet acte nous éloigna à tout jamais de l'enfance.

Mon oncle mourut avec la dignité des guerriers qui s'apprêtent au combat ; ses yeux exprimaient la plénitude.

Mon oncle m'avait demandé de raconter cet événement dans le livre familial, afin qu'il subsiste un témoignage de cette histoire.

Tout au long de la longue traversée qui nous emportait vers le pays appelé Ibérie par les Phéniciens, et Hispanie par les Romains, c'est pour lui que j'ai écrit tout ceci – un drame qui a éclaté le funeste jour des ides de mars pour s'achever un jour noir des nones de mai, quand Valeria et moi, accusés et persécutés, avons dû fuir Rome.

La ville ! Il a fallu la quitter pour la comprendre… Le soleil qui se frayait un passage entre les ruelles tel un serpent en mue. Les bruits sourds de la nuit perturbant les rêves. La ville aux multiples contrastes, aux multiples visages.

Cette ville des rondes nocturnes de Vitellius, des mouvements gauches de Brigandix. La ville du parfum tiède de Marcia. La ville palpitante des élans affectueux de Démétrius. La ville contenue dans le grincement des roues d'une charrette de livraison.

C'est cela ma ville, celle que j'emporte avec moi et à laquelle j'appartiens.

Le vent d'ouest souffle à nouveau, le bateau se cabre sur la crête des vagues. Bientôt j'apposerai les sceaux sur ce parchemin. Pas ceux de ma maison puisqu'ils m'ont été arrachés. Mais les paroles ont plus de valeur que des sceaux. J'écrirai ici mon nom, le nom de ma sœur, le nom de Valeria qui, maintenant, est la chair de ma chair. J'écrirai le nom de Marius Dimitius Manlius afin que son *genius** survive à jamais dans la mémoire future.

Je pourrais terminer en invoquant le nom des dieux, selon la coutume. Mais je ne crois pas en eux,

* *Genius :* dieu propre à chaque homme qui, de la naissance à la mort, partage avec lui toute sa destinée puis disparaît avec lui. (*N.d.T.*)

je n'attends rien du pouvoir divin. Moi, Drusus, comme ma sœur Porcia, tisserai mon destin. Je chercherai mon chemin dans les terres d'Hispanie.

Valeria se repose. Le capitaine Lucianus lui a cédé un hamac de toile, et le médecin hébreu qui est monté à Massilia* a soigné sa blessure à l'aide de baume de sésame de Jéricho.

Sept heures. Les longs rayons du soleil se déversent sur la couverture poussiéreuse. Une mouette se tient sur le mât. Mes yeux croisent ceux de Valeria. Bientôt, je l'embrasserai... Bientôt, elle s'abandonnera à mes caresses, je la traiterai avec soin. Elle me semble si fragile que je crains de la briser. Elle dit : « Drusus, mon amour. » Et moi je me sens si maladroit. Elle continue : « Drusus, je t'aime. » Alors je suis heureux, et je me sens de nouveau confiant.

Il fait froid, cette nuit. Au loin, les lumières d'un phare clignotent.

— L'Hispanie, murmuré-je à Valeria. C'est le capitaine Lucianus qui me l'a dit.

Nous nous drapons dans son châle safrané.

Soudain, le souvenir de Porcia m'assaille et l'amertume me gagne. Je sais qu'elle aura une vie de ferveur. Je sais que, le moment venu, elle se chargera de Cinna. C'est une autre histoire, mais ce sera la même Porcia qui la jouera.

Sur le mât du bateau, Orriettus, le marin sici-

* Marseille.

lien, siffle une mélodie alors que les derniers oiseaux décrivent des cercles au-dessus de nos têtes. Valeria – son corps et mon corps sous le châle de la tante Servilia – égrène les notes d'une chanson. Le bleu de la mer se reflète sur les planches du bateau, ce bateau providentiel parti d'Ostie.

J'enroule le parchemin, il ne reste plus qu'à le sceller.

La méduse de la figure de proue de l'*Ariadna* fend les dernières eaux. Demain, nous apercevrons les côtes d'Ibérie.

Peut-être, un jour, continuerai-je à écrire…

Un jour.

Écrit achevé en l'an 709
depuis la fondation de la Ville
et 465 années après les rois.
Année du cinquième consulat
de Caius Julius Caesar.
*Sur l'*Ariadna.

Table des matières

Castor Plus

Pourquoi Castor Plus ?

Parce que les auteurs ont leur mot à dire sur ce qu'ils écrivent.

Parce que nous, éditeurs de littérature jeunesse, sommes soucieux d'enrichir nos ouvrages.

Parce que vous, lecteurs, êtes en droit d'attendre de nos livres toujours plus d'informations.

Avec Castor Plus, nous ne prétendons pas être exhaustifs sur un sujet, ni sur un genre, mais nous avons l'ambition de vous faire partager notre passion de la littérature sous toutes ses formes.

C'est pourquoi, avec Castor Plus, nous avons choisi de donner la parole à des écrivains, des spécialistes, pour qu'ils commentent un genre qu'ils apprécient, dont ils connaissent les spécificités et les chefs-d'œuvre, ceux d'hier, et ceux d'aujourd'hui.

Le suspense « Mouton noir »

Le Petit Prince de Saint-Exupéry voulait qu'on lui dessine un mouton. Comme si le pauvre aviateur accidenté au beau milieu de son désert n'avait que cela à faire… et pourtant, le pilote le lui dessina, son mouton.

Ne sommes-nous pas tous des petits princes ?

Nous désirons tous, non pas qu'on nous dessine des vaches, des chèvres ou des petites souris, mais qu'on nous raconte des histoires.

Des histoires roses ou rouges d'amour, des histoires bleues ou vertes d'aventures, des multicolores fluos fantastiques, des noires ou des grises policières. Qu'importe la couleur, pourvu que l'histoire soit là pour nous agrandir l'horizon.

Peut-être plus que d'autres, les auteurs de livres policiers sont de ceux qui n'ont pas oublié cette consigne essentielle : raconter une histoire !

Ils nous peignent le monde dans lequel nous vivons ou dans lequel nous nous apprêtons à plonger pour mieux nous le déformer et y installer leurs intrigues. Ils accélèrent les rythmes de la poursuite, accusent les traits de leurs personnages, la force des coups reçus ou envoyés. Tout semble tellement vrai dans leurs scénarios inventés que les croire en devient un vrai plaisir.

***

Considérée comme un genre récent (son véritable essor date de la fin du XIXe), la littérature policière a longtemps été jugée comme une sous-littérature. Elle a d'abord trouvé sa place dans les journaux avant de s'installer dans les livres. On la considérait trop jeune, trop vulgaire, elle oubliait – soi-disant – le style, pour ne se consacrer qu'à l'intrigue ! Trop ceci, trop cela ! Quelle erreur ! On a mis beaucoup de temps à comprendre que les auteurs de romans noirs nous parlaient vraiment du monde et pas simplement d'enquêtes. Pour cette raison le roman policier a évolué avec la société, il a inventé son langage et son rythme, il a installé ses scénarios dans la périphérie du troupeau, puisque les « meilleures » places semblaient réservées aux élèves studieux de la littérature dite classique. C'est donc là, à l'écart et dans l'ombre, que le mouton noir a fait son trou.

Agatha Christie, dite « la reine du crime », Conan Doyle (le « père » du célébrissime détective Sherlock

Holmes), Maurice Leblanc, Michel Lebrun… L'énumération serait longue pour évoquer les auteurs de référence du genre. Car chaque nom en appelle un autre. Rouletabille (le journaliste de Gaston Leroux) enquête avant Maigret (le commissaire de Georges Simenon) et engage Philipp Marlow (le détective privé de Raymond Chandler) à entrer en scène.

Nos contemporains français s'appellent Didier Daeninckx, Thierry Jonquet, Tonino Benacquista, Daniel Picouly, Jean-Bernard Pouy, Daniel Pennac… Eux aussi, il est impossible de les citer tous, mais ils ont eu la particularité de mettre au premier plan de leurs intrigues des individus des plus communs et d'en faire des héros (ou des anti-héros). Nous devenons donc tous les personnages de leurs livres.

***

Romans à énigmes, romans à tiroirs, enquêtes simples ou complexes sur des coupables, tentative de déculpabilisation des innocents… À nouveau l'inventaire des différentes situations qui plongent leurs personnages dans le noir des pages serait interminable. Leurs fictions nous en disent plus sur notre société que la réalité de nos journaux télévisés. Car les auteurs de romans noirs écrivent le monde – autant pour les enfants que pour les adultes – avec des mots qui se cueillent plutôt comme des fleurs sauvages que comme une plante en pot à réserve d'eau.

***

L'écrivain argentin Ernesto Sabato disait que le plus grand roman policier à écrire serait celui dans lequel un enquêteur mènerait une traque pour démasquer un coupable, et découvrirait, au terme du livre, qu'il est le coupable. Voilà bien une vérité essentielle. Non seulement un livre policier s'interdit de mâcher la solution à ses lecteurs, (ils ont des dents pour cela), mais, entre le premier et le dernier mot ne se déroule pas seulement une enquête mais surtout une quête.

Le « polar » n'est donc pas seulement une réponse, mais d'abord une question. Car si, comme dans la vie, ce n'est pas toujours le bon qui sort vainqueur, si ce n'est pas toujours la justice qui triomphe (« envoyez les anges, la musique symphonique et le générique de fin »), c'est toujours le lecteur qui se trouve et qui gagne.

— Qui gagne quoi ?

— De la couleur ! Pas seulement du rose amour, du bleu aventure, du rouge sang ou du blanc de peur, non, qui gagne autre chose.

— Mais quoi ?

— Le grand écrivain Franz Kafka demandait : « À quoi bon lire un livre qui ne nous réveille pas ? »

— Et alors ?

— Je crois que le lecteur gagne justement cette insomnie dont nous parlait Kafka. Cette insomnie qui nous éveille à nous et aux autres. Je crois que les livres noirs (entre autres), avec leurs retournements, leurs chausse-trappes, leurs coupe-gorge, leurs virages à cent quatre-vingt degrés, sont là simplement pour nous allonger la nuit et agrandir nos mondes.

— C'est tout ?

— N'est-ce pas aussi à coup de palpitations qu'on fait gonfler les cœurs ?

Hubert Ben Kemoun, Nantes 1999

Castor Poche

Des livres pour toutes les envies de lire,
envie de rire, de frissonner,
envie de partir loin
ou de se pelotonner dans un coin.

Des livres pour ceux qui dévorent.
Des livres pour ceux qui grignotent.
Des livres pour ceux qui croient ne pas aimer lire.
Des livres pour ouvrir l'appétit de lire et de grandir.

Castor Poche rassemble des textes du monde entier ; des récits qui parlent de vous mais aussi d'ailleurs, de pays lointains ou plus proches, de cultures différentes ; des romans, des récits, des témoignages, des documents écrits avec passion par des auteurs qui aiment la vie, qui défendent et respectent les différences. Des livres qui abordent les questions que vous vous posez.

Les auteurs, les illustrateurs, les traducteurs vous invitent à communiquer, à correspondre avec eux.

Castor Poche
Atelier du Père Castor
4, rue Casimir-Delavigne
75006 PARIS

Castor Poche, des livres pour toutes les envies de lire: pour ceux qui aiment les histoires d'hier et d'aujourd'hui, ici, mais aussi dans d'autres pays, voici une sélection de romans.

832 Les insurgés de Sparte **Senior**
par Christian de Montella
À Sparte, la loi impose de n'avoir que des enfants vigoureux. L'un des jumeaux de Parthénia est si frêle qu'elle le confie en secret à une esclave émancipée. Mais les deux frères vont se retrouver et s'affronter...

831 Les disparus de Rocheblanche **Junior**
par Florence Reynaud
Au IXème siècle, les habitants de l'Aquitaine vivent dans la terreur des vikings, qui saccagent les villages et enlèvent les enfants... Eglantine et son petit frère sont ainsi vendus comme esclaves.

830 Chandra **Senior**
par Mary Frances Hendry
À onze ans, Chandra est mariée, suivant la tradition indienne, à un jeune garçon qu'elle n'a jamais vu. Après leur rencontre, ce dernier meurt brutalement: Chandra est accusée de lui avoir porté malchance.

829 Un chant sous la terre **Junior**
par Florence Reynaud
Isabelle a douze ans et doit travailler à la mine pour aider sa famille. Mais elle a un don, sa voix fait frémir d'émotion quiconque l'entend chanter. Une terrible explosion bloque Isabelle dans la mine, son don pourra-t-il alors la sauver ?

828 Léo Papillon **@Senior**
par Lukas Hartmann
Léo, huit ans, souffre de sa maladresse. Il aimerait être léger et beau comme un papillon. Son rêve consiste alors à s'enfermer dans un cocon de fils multicolores, en attendant la métamorphose...

827 La chance de ma vie **Senior**

par Richard Jennings

Quand on a douze ans, recueillir un lapin blessé semble bien naturel, voir banal. Pourtant, Orwell est plus qu'un animal... c'est une chance!

825 Temmi au Royaume des Glaces **Junior**

par Stephen Elboz

Les soldats de la Reine du Froid ont enlevé Cush, un ourson volant qui vit dans la forêt près de chez Temmi. Temmi les suit au Château des Glaces, où toute chaleur est proscrite. Mais des insoumis organisent une rébellion.

824 Les maîtres du jeu **Senior**

par Roger Norman

Edward a douze ans. Il découvre chez son oncle un jeu de société qui renferme un mystérieux secret. Il se retrouve plongé dans un terrible engrenage, où le jeu et la réalité se rejoignent.

823 Akavak et deux récits esquimaux **Junior**

par James Houston

Akavak, Tikta'Liktak et Kungo l'archer blanc sont esquimaux. Dans l'univers rigoureux du grand Nord, ces héros doivent lutter pour survivre: découvrez leurs trois aventures au pays des icebergs...

821 Ali Baba, cheval détective **Junior**

par Gisela Kaützab

Pendant une représentation du cirque Tenner, quelqu'un a dépouillé les spectateurs de leurs portefeuilles. Sarah, la fille du directeur, découvre le butin caché dans le box de son cheval Ali Baba. L'enquête est ouverte...

820 L'étalon des mers **Senior**

par Alain Surget

Leif et son père Erick, bannis de leur village de vikings, embarquent sur un drakkar avec Sleipnir, leur magnifique étalon. Leur voyage les conduit d'abord au Groenland, où ils font la connaissance des Inuits.

819 Mon cheval, ma liberté **Junior**

par Métantropo

Aux Etats-Unis en 1861, la guerre de Sécession fait rage. Amidou, jeune esclave noir, s'occupe des chevaux d'une plantation. Lui seul peut approcher Stormy, le fougueux étalon, ce qui déclenche la jalousie du fils aîné.

818 Une jument dans la guerre **Senior**

par Daniel Vaxelaire

Pierre, fils de paysan dans la France napoléonienne, rêve de devenir un héros. Il part rejoindre les troupes de l'Empereur qui se battent en Italie. Le chemin n'est pas sans danger mais le destin met sur sa route une jument qu'il adopte et baptise... Fraternité.

817 Pianissimo, Violette ! **Senior**

par Ella Balaert

Violette a dix ans et vient de déménager. Elle se fait bien à sa nouvelle vie. Le seul problème, c'est son professeur de piano : "Le Hibou" lui mène la vie dure et pourtant Violette s'applique !

816 Pas de panique ! **Senior**

par David Hill

Rob adore les randonnées en haute montagne. Il est loin d'imaginer qu'il va falloir assurer pour six ! Car le guide de son groupe meurt brutalement... facile de dire "pas de panique" dans ces conditions.

815 Plongeon de haut vol **Senior**

par Michael Cadnum

Bonnie pratique le plongeon de compétition. Un jour, elle se cogne la tête contre le plongeoir et depuis n'arrive plus à plonger. En plus, son père est accusé d'escroquerie…

814 Et tag! **Senior**

par Freddy Woets

Vincent a une passion : peindre, dessiner et surtout taguer. Mais le jour où Alma se moque de son dernier tag en le traitant de ringard, Vincent est profondément vexé…

810 Une rivale pour Louisa **Junior**

par Adèle Geras

Louisa déteste la nouvelle du cours de danse: elle est trop douée! Un chorégraphe vient recruter de jeunes danseurs: et s'il ne choisissait que Bernice? Heureusement, la chance et l'amitié triompheront de leur rivalité.

809 Louisa près des étoiles **Junior**

par Adèle Geras

Louisa rêve d'assister à une représentation de Coppélia, mais les billets sont chers, et de toute façon, il ne reste aucune place ! Heureusement, la chance lui sourit : Louisa va même pouvoir rencontrer les danseurs étoiles!

808 Le secret de Louisa **Junior**

par Adèle Geras

Tony, le nouveau voisin de Louisa, est doué pour la danse, mais il est persuadé que seules les mauviettes font des entrechats. Pour cultiver ce talent caché, la petite « graine de ballerine » a une idée en tête…

807 **Les premiers chaussons de Louisa** **Junior**

par Adèle Geras

Louisa en rêvait depuis des mois : à huit ans, elle enfile enfin ses premiers chaussons de danse! En attendant de faire une grande carrière, il faut travailler sans relâche pour le gala de fin d'année. Louisa deviendra-t-elle une vraie « graine de ballerine » ?

805 **Ménès premier pharaon d'Egypte** **Senior**

par Alain Surget

Héritier du trône, Ménès doit braver mille dangers pour prouver qu'il est digne du titre de premier pharaon d'Egypte. Saura-t-il affronter ses ennemis, et devenir le Maître des Deux Terres ?

804 **Jalouses!** **Senior**

par Christian de Montella

Comment Simon aurait-il pu deviner que sa copine de bac à sable était devenue une véritable top-model ? Comment aurait-il pu éviter la crise de jalousie de Véronique, sa petite amie ?

803 **Baisse pas les bras papa!** **Junior**

par Christine Féret-Fleury

Depuis que Papa est au chômage, les fous rires, c'est terminé ! Au menu : soupe à la grimace. Il n'y a plus qu'une solution : l'aider à retrouver du travail.

802 **De S@cha à M@cha** **Senior**

par Rachel Hausfater-Douieb et Yaël Hassan

Sacha envoie des emails, comme des bouteilles à la mer, à des adresses imaginaires. Jusqu'au jour où Macha lui répond. Une véritable @mitié va naître de leurs échanges.